俺のメガネはたぶん世界征服できると思う。

01

my glasses
will be able to
conquer
the whole wo
I suppose.

0.1
0.3
0.5
0.8
1.0
1.5

0.1

0.2

0.5

0.8

1.0

01

my glasses
will be able to
conquer
the whole world,
I suppose.

目次

第〇話　アルバト村の選定の儀式

選定の日。

それは、大人になる儀式の日。


この世には「素養」というものがある。

人は必ず、何かの「素養」を持って生まれる。

才能、と言い換えると、わかりやすいかもしれない。

剣だの槍だのなんだのと、この世界には数えきれないほどたくさんの「素養」があり、今日はそれを確認する日である。

一番の当たりは、「魔術関係の素養」だ。

剣だの槍だのは「素養」がなくても鍛えられる。

たとえ才能がなくても努力で培い、育てることができる部分が大きいから。

だが、「魔術」だけはどうにもならない。

はっきり言えば、「魔術の素養」がないと魔法は使えないから。

「魔術の素養」を持つ人……魔術師は非常に少ないので、高給優遇の職にありつける。

俺は、この選定の日の側面は、「魔術の素養」を持つ子供を探すためのものだと思っている。

もしくは「唯一種」という、「魔術の素養」以上に珍しい「素養」だとかだ。

「勇者」だの「英雄」だのいた気がするけど、まあ、こんな田舎には関係ない話だ。

「一列に並ぶように」

並ぶほどいないけどね。

都会から来た兵士は真面目である。


アルバト村の今年の「選定の日」は、俺と、友達のナーバルと、一歳年上のシェロンの三人だけだ。

十五歳の子供は、この「選定の日」を迎えて、初めて大人と見なされる。

ただ、うちの村の場合、子供が少ない。

なので「選定」しに来る場合は、年に三人以上儀式を受ける子供がいる場合に限られる。それ以外は自分から都会に出向くか、三人以上になる年まで機会を待つしかないのだ。シェロンはそれで一年先延ばしになった。

一応、国の義務なので、この国に生まれ育った者は、誰もがこの「選定」を受けているはずだ。

村の広場にやってきた二人の兵士を中心に、村長が隣に立ち。

成人祝いと銘打った宴《うたげ》でふるまわれる酒狙いの大人と、いつもは食べられないごちそう狙いの小さな子供たちが、今から成人する俺たちを見守っている。

——目立つのはあんまり好きじゃないし、早く済ませてもらいたいもんだ。

性分もあるとは思うけど、他者から俺に向けられる視線が気になるのだ。それもこんな大多数となると……

まあ、こんなにも注目を集めるのも、俺の人生では最初で最後だろう。

早いところ儀式を済ませて、飯食って寝て、また明日から始まるひっそり目立たない狩人の生活に戻りたい。

「おい、エイル」

村長が長々と、大人になる意義だの大人になる意味だのをしゃべっている最中、横にいるナーバルが囁《ささや》きかけてくる。

「俺はホルンより良い『素養』を引くからな」

ホルン。

姉か。

「がんばって」

としか言いようがないので、そう言っておく。がんばればどうにかなる話とも思えないけど。

「ホルンちゃん、今どうしてるの？」

シェロンまで口を出してきた。退屈しているのは俺だけじゃなかったらしい。そうだよね。うちの村長の話は無駄に長いしね。こういう演説に懸ける想《おも》いが空回りしてるからね。

「さあ？　王都でてきとーにやってると思うよ」

俺の姉・ホルンは、二年前の選定の儀式で「闇狩りの戦士」という、珍しい「素養」を引いた。

生まれついて聖なる祝福を受けていて、邪悪なものに抵抗力を持っている戦士……に、向いているらしい。

あくまでも「素養」は才能に近しいもののことだからね。それになるかどうかは、その人次第だ。

村では初めて聞くような、珍しい「素養」だった。

そんな珍しい「素質」を持つ子供は、選定に立ち会う兵士たちに連れられ、王都へ向かうことになる。

城のお偉いさんに直々に挨拶して、……まあ、使い物になりそうなら、城で雇われるって感じになるらしいね。

二年前に王都へ行ってから、ホルンは帰ってきていない。

時々届く手紙では、城勤めはせず、冒険者という日雇いの何でも屋になっているみたいだ。

姉は俺と正反対で、活動的で、目立って、元気で。元気すぎて。元気すぎて逆にもう迷惑ってくらい元気で。

そんなホルンを見ていた大人たちはみんな、「ホルンはこんな小さな村には納まらないだろう」と噂《うわさ》していた。

俺もそう思っていた。

姉は、たぶん、この国でさえ狭いと感じられるほどの、大物の器だと思うから。城勤めなんてものには向かないだろうとわかっていた。

「アルバト村のシェロン！　前へ！」

「あ、はい！」

いつの間にか村長の話は終わっていて、いよいよ選定が始まった。

まずアルバト村のシェロンが呼ばれ、前に出る。

「手を」

選定の石だ。

兵士が抱えているのは、研磨されていない水晶の塊である。大人の頭くらい大きい。

あれに手を置くことで、水晶の奥に、「素養」の文字が浮かび上がるのだ。

この光景を見るのは、何度目だろう。

俺を含めた子供たちと遊んでくれた何人もの年上が、こうして大人になっていく様を見てきた。

そんな俺にも、いよいよ大人になる順番が回ってきた。

ナーバルは、姉と同じくらい珍しい「素養」を引き当てることに、大いに期待しているみたいだ。

こんな小さくて退屈な村から出たいと、常々言っていたから。

俺はどうでもいいかな。

何が出ても、俺は狩人として生きると思う。

もう大人に負けないくらいの仕事をしているし、獲物の肉もうまい。一人でひっそり細々とやっていける仕事ってのもいい。

いずれ歳《とし》を取り狩人を引退するだろう師匠の代わりに、俺がこの村の狩人になるつもりだ。

姉は望む望まないに拘《かか》わらずすごい人になると思うが、弟はこのくらいの村で人目を浴びずにひっそり暮らすのが望みだ。

せいぜい狩人に役立つ「素養」が見つかればいいな。


シェロンは「看護の素養」が見つかった。

ナーバルは「木こりの素養」が見つかった。

「順当というか……」

「全然面白みがない……」

シェロンのお母さんは薬師で、ナーバルのお父さんは木こりである。「親の素養」を継いでいると思えば順当だし、順当すぎて面白みがないのもわかる。

でも「素養」なんてそんなもんだ。

どうせ俺だって、父の「そこそこの料理人」とか母の「怪力農民」とかを受け継ぎ、面白くもなんともない「素養」を引くんだと思う。姉は、アレだ、突然変異だ。いろんな意味で姉は普通じゃないから。

「アルバト村のエイル！　前へ！」

がっかりしている二人を横目に、最後に俺の番である。

この日のために、師匠が立派な黒山羊を仕留めたんだ。あれは絶対にうまい。今日の楽しみはアレだけだ。

面倒な儀式なんてとっとと済ませてしまおう。

「――メ、ガ、ネ……？　メガネ、か……？」

目を凝らして覗き込む兵士二人と、村長。

原石のままである水晶――選定の石は、でこぼこで形がいびつなおかげで、見通しが悪い。だが、そんな石の奥底に浮かび上がった文字は、確かに、俺の目にも、そのように読めた。

メ、ガ、ネ。

眼鏡、と。

……「素養」が「メガネ」ってなんなんだよ。

第一話　アルバト村のエイル

はっきり物心付いた歳は四歳。

大人が同伴する森の散策で、一人だけポツーンと置いていかれた時だ。

あの時、確かに俺は思った。

俺はこのままじゃ死ぬ、と。

それが、思い出せる限りでは、一番古い記憶だった。

夜中、遠くに聞こえた狼《おおかみ》の遠吠《とおぼ》えや、森がざわめく音の怖さを思い出してベッドの中で震えた。

そして今、その恐怖のど真ん中にいることを考え、死の予感を覚えた。

子供心に思ったのは、自力で家に帰るしかないということだ。

頼れる大人も年上の子供も、周囲には誰もいない。自分しかいない。自分でなんとかしなければいけない。

それだけはちゃんと理解できた。

その時に学んだのは、「息をひそめ、獣に見つからないよう動き、手掛かりを探す」ということ。

泣きたくて仕方なかったが、我慢した。

まあ実際は、声を殺して少し泣くだけに留《とど》めた。ほんとに少しだけだ。

若干目から汗を流しつつ、冷静に、冷静に、来た道を戻ることを考えた。

村までは、そんなに遠くはない。

何せ自分の足で歩いて付いてきたのだから。

地面を見ても足跡は残っていない。

だが、ちょっとだけ、草が倒れている部分がある。

たぶんこれが、俺たちが来た痕跡。

そう確信し、俺はそれを辿《たど》って、自力で家に帰ったのだ。

あとから思えば、そこは村の近くの林だった。森でもなんでもない。人を襲う獣もいない。四歳にはそう見えたってだけだったけど。

——なお、引率していた大人や一緒に行った子供たちは、俺がいなくなったことも、森に置いてきたことも、誰も気づいていなかった。

元々目立つ方じゃなかった。

というか、相当大人しい子供だった。

気が付いたらそこにいたとか、存在感がないとか、いるなら声を掛けろとか、かくれんぼの途中で勝手に帰るからエイルとはかくれんぼしないとか、頻繁に言われて育った。

森での一件があってからは、もしまた同じような境遇に直面した時に備え、常に「外敵に見つからないように」という不思議な意識が生まれていた。

その外敵とは、友達と一緒に大人にイタズラしたあとの脱出であったり、ガキ大将だった姉からの逃亡であったり、嫌いな野菜を持って追いかけてくる母親からの逃走であったりした。

存在感がないのではなく、わざと存在感を消すように。

誰にも気づかれないのではなく、わざと足音を消すように。

こうして俺は、「影が薄い子供」になった。


それからは何事もなく過ごしたが、転機は十歳の頃にやってきた。

俺が生まれた村は、人も少なく貧しかったので、子供もある程度の労働源と考えられていた。

九歳を過ぎた俺も、そろそろ……という話になった。

姉なんかはもうバリバリ畑を耕しては空いた時間で遊び回るという、俺とは正反対に、ただただ目立って活発で元気しかないという感じだったけど。

しかし、ここで思いがけない横槍が入った。

同じ村に住む、狩人のおっさん・ベクトの訪問である。

両親は畑仕事などを手伝わせたかったみたいだが、俺は村に住んでいる狩人ベクトの下で働くことになった。

というのも、俺の影の薄さ……いや、わざといろんなものから隠れようしている俺に気づいたベクトが、その習性を見込んだからだ。

獲物に忍び寄る技術。

獲物に気取られない技術。

そういう意識からして狩人向きなんだそうで、ぜひ弟子に欲しいと両親を説得したのだ。

俺の意思？

俺は、滅多に食えない動物の肉が頻繁に食えそうだったから、即答で賛成したけど。狩人になりたいというより肉を食いたかった。動機は肉だ。腹いっぱいの肉だ。

ベクトの目論見通り、俺はあっという間に狩人としての才能を開花し、弟子入りして三日目には子供用の短弓でウサギや鳥を狩っていた。

めくるめく肉祭りの始まりだった。

両親も、異常に活発な姉も、貧相な食卓にちょくちょく並ぶようになった肉に喜んだ。

もちろん俺も喜んだ。

「いやっほぉぉーーーー！　肉だ肉だぁーーーーー！」

一見姉の浮かれっぷりに誰もが引くほど驚くかもしれないが、俺が一番喜んだ。誰よりも喜んだ。表に出さないだけでしっかり喜んでいた。


事件が起こったのは、弟子入りから約一年後のこと。

狩人という仕事は、危険と隣り合わせである。

「あっ」

獲物を求めて一緒に森を進んでいた、狩人ベクトが屁《へ》をこいた。それはもう盛大にこいた。近くの木で翼を休めていた小鳥が逃げるほどの爆発的な轟音《ごうおん》だった。

まあ、生理現象だ。仕方ない。

出るものは出るってのは子供にだってわかる。

だが、考えてほしい。

大の大人と、子供の身長を。

そうだ。

直撃である。

師のあとを追っていた弟子の顔に、猛毒ガスが直撃である。

「うっ、くせっ――あっ……うわぁぁぁぁぁ！」

退避しようと飛び退《すさ》った俺の足の下には、何もなかった。

そう、逃げようとした場所に、地面がなかったのだ。

だって横は鋭角な斜面だったから。

地面を忘れた靴の裏は枯れ葉の上を滑り、木々にぶつかり、俺は転げ落ちた。それはもう派手に落ちた。

――俺の記憶はここで途切れているのだが。

後から聞いた話では、頭を打ったようで丸一日ほど意識が戻らず、生死の境をさまよったらしい。

「すまねえ！　俺の屁が殺そうとしてすまねえ！」

師匠である狩人ベクトには泣いて謝られた。

俺は、「あれは俺の失敗だ」と答えた。

横が斜面になっていたのは知っていた。そういうところを、師匠を追って気配を消し、足音を殺して歩いていた。

唐突に、この世に解き放たれた轟音と毒ガスが顔面を襲って、思わず斜面の方向に逃げてしまった。あれは俺の失敗だ。

だが。

俺の本心としては、屁をこいたことより、屁の直撃と臭さを謝ってほしかった。

いや、臭いは本人にもどうにもならないかもしれない。

だが、とにかく直撃は絶対にわざとだ。故意だ。ベクトはそういうオヤジだ。子供をからかうのが好きなおっさんだ。だから絶対に俺の顔面を狙っての攻撃だったに違いない。

いい歳した大人が泣くほど謝っている姿を見て、そんな本心は言えなかったけど。

こうして、俺の事件が終わった、かに思われたが。


――一つだけ問題が残ってしまった。

頭をぶつけたせいだろうか。

それとも、その時に目を傷つけたのか。

この事件から、俺は、少しだけ目が悪くなった。

近くの物はちゃんと見えるが、遠くの物は、前より見えない。以前は見えていたものがぼんやりとしか見えなくなったのだ。

まあ、大した問題じゃないから、別にいいけど。


俺、アルバト村の狩人見習いエイルは、十五歳となり、選定の日を迎える。

そして「メガネ」という、よくわからない「素質」を得た。

よくはわからないが、単純に考えると、だ。

屁で死にかけた事件から目が悪くなった俺には、どこまでもありがたい力である、かもしれないということだ。

都会には「メガネ」という視力矯正機があるが、貧しい村の貧しい家の貧しい子供には、都会への道のりと同じくらい遠い代物だった。

もしそれが、読んで字のごとくそのまま「メガネ」のことだとしたら。

「……メガネ？」

選定の石から手を放し、触れていた手を眺め、呟《つぶや》く。

すると――

身体《からだ》の中から力がごっそり抜けた、と同時に、手のひらには不思議なモノが生まれていた。

——感覚でわかる。

——今ごっそり抜けた力が、「これ」に宿っている。


そういえば、旅の商人が、「これ」にそっくりなものを顔に着けているのを見たことがある。特に気にならなかったから「あれ」が何なのかは聞かなかったが。

だが、あれがきっと、「メガネ」だったのだろう。

だとすると、俺の手に生まれた「これ」の使い方は——


「……おっ」


耳に掛ける二本のツル。

両目のすぐ前に設置された透き通ったガラスっぽいもの。

そして、ガラス越しに見える世界は、今までよりとても明るい。

これまでぼんやりと曇っていた景色が、世界が、細部まで鮮明に見える。

「ぶ、物理召喚だと……!?」

「え!?　これ物理召喚か!?　メガネだろ!?」

兵士たちが戸惑い、それが村に伝播《でんぱ》する。

メガネ、メガネ、と、誰もが疑問符を浮かべて戸惑っている。

明るくくっきりはっきり見える周囲を見ながら、納得する。

そうか、俺は「メガネを作り出すことができる素養」があったのか。

…………

なんだそれ。

なんの意味があるんだ。

まあ、俺に「メガネ」は必要だから、歓迎はするけど。


物理召喚。

「魔術の素養」を必要とする、魔術の一種だ。文字通り物質的な何かを生み出す、作り出す力である。

選定の儀式で言えば、当たりだ。

物理召喚は「魔術の素質」であるから。

ただ、問題は、物理召喚できる物が「メガネ」という、使い道があまりにも限定された物、という点だ。

兵士たちも、村長も、村の人たちも。

たとえば「小さなナイフ」だとか、単純に「火を出せる」とかなら、普通に沸いたと思う。

この何もないど田舎に魔術師の卵が生まれたと、素直に歓迎できただろう。姉・ホルンの時のように。

だが、「メガネ」である。

俺の「素養」は「メガネ」である。

もっと具体的に言うと、メガネを生み出す魔術師の誕生である。

戸惑うのも無理はないと思う。

たぶん、単純に喜んでいるのは、「メガネ」を必要としていた俺くらいのものだろう。

微妙な力？

とんでもない。

俺にとっては何よりも欲していたものだ。

一見冷静に見えるかもしれないが、俺は近年なかったほど、とんでもなく喜んでいた。初めてウサギを狩った時くらい喜んでいた。自分で仕留めたウサギを食ってうまかった時と同じくらい感動もしていた。本当にしていた。本当に。ほんと。あんまり重ねると嘘臭《うそくさ》いけど本当にだ。

これさえあれば、中距離でも長距離でも、獲物を狙えるようになる。

もう、はっきり見える距離まで獲物に近づかなくてもよくなる。

今までより、狩りは効率化される。

——村は微妙な空気で、喜んでいいものか、しょぼい魔術師の誕生と笑いのネタにしていいものか、戸惑いの霧は晴れなかったようだけど。

でも、俺は喜んでいた。

傍《はた》から見ると、そうは見えなかったかもしれないけど。

俺のせいで微妙な空気になったそのままに選定の儀式は終わり、成人を迎える宴が始まった。

まあ特に娯楽もない田舎なので、酒や食い物が出ればそれなりに盛り上がってきた。

面白みはないけど、誰にとってもわかりやすい「素養」を引いたシェロンとナーバルは、例年通りに大人たちから大人の仲間入りを祝福され。

面白みしかない、もはやネタなんじゃないかとすでに思われつつある、非常にわかりづらい「素養」を引いた俺は、なんとも腫物みたいな扱いだ。大人たちから慰めだかなんだかわからない言葉をいっぱい掛けられた。

あまり気に掛けられるのも面倒な上に居心地も悪いので、早々に気配を絶って存在感を消し、唯一楽しみにしていた料理をむさぼることにする。

うーん、うまい。

やっぱり肉……と言いたいところだが、野菜も嫌いじゃない。この国全体でも推しているが、やはりアルバト村特産の大葱《おおねぎ》は最高だ。火を通せば甘くなり、焼いてそのまま食べてもうまいし、煮ればほかの食材とうまく溶け合って優しい甘みが調和する。

子供の頃は嫌いだったけど、食べ慣れた今では好物である。肉と煮ると最高だ。

「おい」

木陰に座り、宴の広場から離れ隠れて食べている俺を見つけられるのは、師匠だけである。

いつもは毛皮の服を着て、人間らしさを覆い隠すような野暮ったい狩人の格好をしている師匠が、今日は普通の村人の姿だ。

狩人ベクト。

熊みたいな大男で、ヒゲもモジャモジャで、およそ粗雑で豪快なおっさんにしか見えないが。

実際は、繊細にして精密な動きで獲物を追い仕留める、凄腕の狩人だ。

俺はまだ、師匠には敵わないと思う。

小柄な俺からすれば見上げるほどの大男だが、実際には実力も見上げるほど上にいると思う。そのうち追いつけるかな？

「今日くらいみんなに交じれよ」

俺の隣に座る。

師匠も、料理を皿に山ほど盛って来ていた。

「俺はここでいいよ」

目立ちたくないし、見られたくない。もっと言うと見つかりたくない。

狩場ではそういう技が求められる。

だから俺は狩人がいいんだ。

「はあ……夢がねえな、おまえは。都会で一旗揚げたいとかねえのか？　俺がおまえくらいの頃は、ずっとそんなことばっか考えてたぞ」

師匠のその手の話は、何度も聞いた。

いつもは「はいはい」と適当に流していたが。

でも、今日くらいは、聞いてもいいのかもしれない。

　だって、今日から俺も、大人の仲間入りだから。

「実際そうしたの？」

「おう。十年くらい都会でがんばったんだ」

「結果は？」

「都会が合わなくてな。ちょうど狩人がいない村があるから行かないかって紹介されて、この村に流れてきた」

　へえ。

「その頃、ちょっと気になってた女を誘ってな。つまり嫁にプロポーズしたのと同時に移住したんだ」

　あ、その話はいいです。

「言っとくが、俺は気になる程度だったけど、嫁の方が先に俺のこと好きになったんだぜ？　おっとみんなには内緒だぜ？」

　もう百回くらい聞いてるからその話はいいです。実際どうであってもあんまり興味ないです。

「…………」

「……こんな時でも聞かねえな、おまえは」

　無反応な俺に諦めたのか、師匠は興味がない話をやめた。

「それで、その『メガネ』、どうだ？」

「気に入った」

すごくよく見える。師匠もよく見える。でもよく見なくてもよかった。おっさんを鮮明にはっきりくっきり見たって仕方ないし、なぜか気が滅入る。それに思ったより額が広……いや、これ以上の発見はやめておこう。とにかくあまりおっさんを見るものではないと思う。

「にしても、よくわからん『素養』だな」

みたいだね。

傍から見ると、そういう微妙な感じらしい。

俺からすれば、すばらしい代物だと言わざるを得ないんだけど。

——特別な日のはずなのに、いつものように師匠とどうでもいい話をしながら、飯を食い。

腹がいっぱいになってうとうとしかけた時、師匠が立ち上がった。

「エイル、ちょっと来い」

師匠の家は、村のはずれにある。

狩った獲物を解体したり、革をなめしたり、肉の処理をしたりと、獣の血の臭いが染みつくことを考慮してのことである。

肉や革は、村で育てている野菜などと物々交換したり、行商人に売ったりしている。

俺も、狩った獲物でわずかながら貯金ができた。

まあこの村でのお金の使い道なんて、行商人から何か買うくらいしかないが。でも俺は欲しいものなんて特になかったからなぁ。

今なら、「お金で買えるならメガネが欲しい」と思ったかもしれない。

でもそれさえもお金を使わず手に入れてしまった。

「そこで待ってろ」

師匠は家の中に消えた。ちなみに噂の師匠の嫁は、今は宴の方にいるはずだ。

家の前には、なめしている途中の革や、天日干ししている毛皮が並んでいる。今日は狩りに出る気はなさそうだ。

「ほれ。成人祝いだ」

ほどなく戻ってきた師匠は、俺に向かって一本の弓を突き出した。

何本か弓を持っている師匠だが、それは俺の記憶にない真新しい一本だった。

「作ったの？　わざわざ？」

「あたりまえだ。おまえは俺の弟子だぞ。弟子の祝いをしねえ師がいるか」

弓を受け取る。

軽いが、堅い、複合弓だ。たぶん材質は幽霊樹。

木を丁寧に削り湾曲させ、樹脂を染みこませ、更に研磨した黒山羊の角を張って補強してある。

まだ誰にも使い込まれていない新品の弓だ。

大人用の短弓。

それも、かなり威力が出るやつだ。

あまり身体が大きくない俺は、何年か前に貰った子供用短弓を、特に不便もなく今日まで使ってきた。

目が悪いおかげで、獲物に近づかないと狙えなかったからだ。

だから、たとえ弓の威力が低くても弱点を外さず狙う——威力よりも確実に急所に当てる、精度を磨いてきた。

さすがに大物は狙えなかったが、それで中型の獲物や魔物くらいなら、たくさん狩ってきた。

だが、この複合弓なら、大型の獲物も狙えるだろう。

「それくらいの弓なら、エイルでも引けるだろう。やってみな」

勧められるまま、肌身離さず持っている弦を取り出し、複合弓に張る。

弓を曲げないようにし、しかしピンと弦を張る。幾度も繰り返し、教えられた通りに。師匠がたまに使う長弓なんかは張り方も難しいみたいだけど、これなら今まで使っていたものと同じように張れる。

きちんと張れたかどうか、軽く指で弦を弾《はじ》く。乾いた歌が響く。

うん、まあ、こんなもんだな。

当たり前だが、今日まで使ってきた弓とは、重さも長さも、弓を引く力も違う。すべてのバランスも違う。慣れるまでに時間が掛かるかもしれない。

「狙ってみろ」

渡された木の矢も、使ったことがない長さだ。重量も違う。もっと深く穿《うが》ち、もっと遠くまで飛ぶ矢だ。

きっとこれまで通りに射たところで、思った通りには飛ばないだろう。これも慣れなければいけない課題か。

足を固定し、弓を構え、矢を番《つが》えて弦を引く。

――速い。

的の案山子《かかし》に掛けてあるなめし革に、自分が想像する以上の速度で、矢が突き刺さっていた。

「お、いきなり当てたな」

いや、俺的にははずれだ。俺は隅っこを狙ったから。しかし矢はど真ん中に生えている。

この近距離で狙いを外すようじゃダメだな。まだ実戦じゃ使えない。

練習しなきゃな。

………………あ。

「師匠」

「あ？」

「ありがとう。すごく嬉しい」

「メガネ」も嬉しかったけど、この贈り物はそれ以上に嬉しかった。

「へへ、気に入ったんならいい」

師匠が照れ臭そうに笑う。やっぱりあんまり鮮明にくっきりはっきりきり見たいもんじゃなかった。

額が……いや、これ以上は見ないでおこう。

「ま、今度いらねーって言ったらブン殴ってたけどな」

ああ、うん。

「そろそろ新しい弓を」って話をされるたびに、いらないって言ってたからな。俺。

——遠くを狙える弓になったら、目が悪いのがバレると思ったから。

師匠の屁で死にかけたあの事故で、俺の目が悪くなったことは、誰にも話していないし、今後も話すつもりはない。

言ってもどうにもならないし、ただ気にするだけだから。

多少視力は落ちたが、狩人として今も生きているんだから、それで充分。

もし師匠が、俺の元の視力を知らなかったらよかったが、弟子入りしてすぐに検査したからな。

まあそりゃ検査はするよね。視力は弓で狙える距離に関わるから。

もし長距離を狙える弓に変えたら、すぐに俺の視力が落ちたことに気づいただろう。

そして、派手な怪我やミスは、あれ以来一度もないので、あれが原因だとすぐに察したはず。

そもそも、あの事故は俺の失態でもあるのだ。

師匠一人に罪を負わせたくはない。この世のものとは思えない悪臭と故意に直撃させた件はいまだ謝ってほしいが。そっちは結構根に持ってはいるが。あの時は絶対に師匠の体内に生じた悪意を野に放っていいタイミングではなかったはずだが。

まあそれさえも、「メガネ」のおかげで解決したも同然だけど。

早速、新しい弓に慣れるように訓練を始める。

一本の弓を長く使い続けたせいか、まだまだ新しい弓に違和感がある。早いところ手に、身体に、目や耳に、感覚に馴染《なじ》ませせないと。

「エイル、おまえはきっと、明日村を出ることになる」

ん？

十本ほどを撃ったところで、それを見ていた師匠が妙なことを言い出した。

「なんで？」

「『メガネ』だよ」

……？　メガネが何か？　めちゃくちゃ便利だけど？

「正直俺にも、その『メガネの素養』がどんなものかよくわからん。多少世界を見てきた俺だが、それでも初めて聞いたしな。悪ふざけのようにも思えるし、ちゃんとした意味や用途があるようにも思える。

だが、確かに言えることは、それは間違いなく物理召喚で生まれたものだ。おまえには魔術師の才能があるってことだ」

まあ、そういうことになるんだろうね。まだ実感は全然ないけど。

「だから、一度は王都に行くことになる。ホルンと同じようにな」

あ、そうか。

たとえ「メガネが作り出せる」というよくわからない「素養」でも、物理召喚は魔術師の領分ではあるんだよな。

「明日、村に来た兵士たちと一緒に行くことになるんだね」

「そういうことだ」

「わかった。さっさと行って、すぐ村に戻るよ」

訓練を再開しようと視線を外した俺に、師匠は「まあ待てよ」と話を続けた。

「せっかくの機会だ。王都どころか世界を見てこい」

「え？　なんで？」

「おまえには弓の才能があるからだ。俺よりもよっぽどな。きっとおまえの力を必要とする人がたくさんいて、おまえの存在を待っている人もたくさんいる。そしておまえ自身、もっと成長するためにもな。

村に戻るのはいい。一生をここで過ごすのもおまえの自由だ。

だが、人生において今しかできないことってのは、確実にあるんだぜ？

無理にやりたいことを見つけろとは言わねえ、だが探してはみろよ。おまえはまだそれさえしてねえだろ。自分の可能性を探してみろ」

可能性。

可能性、ねえ。

……って言われてもなぁ。

「俺は誰にも見つからずに過ごしたいんだよなぁ……」

人の視線を受けるのが嫌で、目立つのも嫌だ。

できれば、このまま静かに村で暮らしたいんだけどな。


翌日。

朝早くに、選定の儀式を行った兵士が、家を訪ねてきた。

「かなり判断に迷ったが……一応、『魔術師の素養』があるものと見なし、アルバト村のエイルに城への出頭を命じる。これは王命である」

言葉の端々に、本当に判断に迷ったのだろうことをうかがわせつつ、俺を連れていく旨を報せに来た。

出発は朝飯が終わってから。

兵士たちと一緒に、乗ってきた馬車で連れていかれることになる。王命で。顔を見たこともない奴の命令で。

二年前、姉がそうだったように。

ただ、姉の時は、村人総出で快く送り出したが。

俺の場合は相変わらず「メガネ?」「メガネ…?」と、微妙な空気を漂わせながらの見送りだった。

――こうして俺は、生まれ育った村を後にするのだった。

アルバト村から王都ナスティアラまでは、馬車で二日掛かるそうだ。

退屈な馬車の旅が始まり、時間だけはあるので、「メガネ」について色々試してみた。

よくわからない「メガネの素養」なんて代物だが、俺には嬉しかった。

その上、師匠から成人祝いの弓を貰って。

更に落ち着く間もなく、翌日には村から連れ出されたのだ。王命で。よく知らない奴の命令で。

たぶん苦労知らずのジジイの命令で。

ここまでに「メガネ」を調べる時間も、試す時間も、ほとんどなかった。

同行する兵士二人とは簡単な自己紹介と世間話をし、「寝たい」という理由で馬車の屋根に退避した。

隣ももちろん嫌だが、やはり知らない人が対面で俺を見ているってのがすごく嫌だった。

俺も男だから、視力が増した今は特に、男を鮮明にくっきりはっきり見たくもない。そして個人的に見られたくもないのだ。

馬車の揺れがだいぶモロに伝わるが、知らないおっさん……いや、意外と若かった兵士のお兄さんたちと、狭い馬車に押し込められるよりは、屋根の方がはるかにマシである。

荷物を詰めてきた背負い袋を枕にし、屋根の上に仰向けになる。

「――俺、帰ったら結婚を申し込むんだ」

「――がんばれよ。俺は子供の名前を考えなきゃなぁ」

頭の下で、兵士たちの話し声が聞こえる。なぜだか会話の内容に不吉なものを感じるが、きっと気のせいだろう。

どこまでも澄み渡る高い青空を見上げたまま、「メガネ」をいじってみる。

ふうん……曲がったガラスが、ぼやけた視界をいい方にぼやかせて焦点を合わせてくれるのか。

ガラス部分の曲がり具合を調整すれば、もっと遠くを見たりできるんだろうか。あるいは重ねたり……か？

――色々試してみたが、わかったことは三つだ。

まず、俺が一度に生み出せる「メガネ」は三つまでだ。

身体から力が抜ける――たぶん魔力的なものが消費されるのだろう。三つ生み出した時点で眩暈《めまい》がして、まともに身体が動かなくなった。はじめての体験だが、あまりよいものではなさそうだ。

次に、「メガネ」は魔力に戻せる。

戻した場合は、また新たに生み出すことができるようだ。魔力を消耗している、というより、「メガネ」が魔力そのものって思ったらいいのかな。体外に出した「メガネ」を戻せば魔力も戻る。

そして最後に、物理的に分離できる。

簡単に言うと、時間さえあれば「メガネ」は増やせる。

一番初めに生み出した「メガネ」は、寝る時以外は掛けっぱなしだった。寝る時も魔力に戻さず置いていた。

その間に、「メガネ一つ分」減っていた魔力が、自然と回復したようだ。

つまり、今掛けている「メガネ」は、もはや魔力の産物ではなく、物理的に存在する物になっている、ということになる。

たぶん誰かにあげたりもできるんじゃないかな。

兵士たちの話では、王都でも「メガネ」は高級品らしいから、売ればそれなりのお金になるらしい。

「メガネを売って金儲け」、か。

字面がすごくマヌケだなぁ。

だいたい、高級品ではあっても、需要がないとダメなんじゃないだろうか。

目が悪い人は多いのか？　それとも少ないのか？　そもそも自覚している人がいるのかな？　俺なんかは良い状態から悪い状態に変化したからわかったが、生まれつき目の悪い人は、他人と自分の見え方が大きく違うことに気づくのか？　違ったところで気にするのか？

それに、ガラスの歪みで視力を矯正するなら、その人にあった歪み方があると思うし。

一人一人に合う「メガネ」は違うんじゃないだろうか。

心のメガネは一緒でも身体のメガネは人それぞれなんじゃないか。ところで心のメガネってなんなんだ。

まあ、俺の心にはすでにメガネが住んでしまったが。もう手放せない存在となってしまったが。

――と、「メガネ」のことをつらつら考えていたら、ちょっとわくわくしてきた。

周囲からは微妙だと思われている「メガネ召喚」だが、俺は好き。

自分で使う分を抜きにしても、この「素養」で良かったと思い始めてきた。それに思ったより奥が深そうだ。

まだまだ「メガネ」について知りたくなってきた。

更に色々と追及し、「形はそこまでいじれない」ことと「ガラスの色を変えることができる」ことがわかった。ちなみにガラス部分はたぶんガラスではないと思う。それに近いものだとは思うが、正確に何かがわからないので便宜上「ガラス」と考えることにした。

まあ、形に関しては、俺の想像力や発想力が足りないのかもしれないが。明確に「こうしたい！」ってイメージができれば、作れるかもしれない。

「色が変えられる」のは、太陽が眩《まぶ》しいことで気づいた。

屋根に仰向けになっていれば、どうしても太陽が視界に入ってしまう。

「メガネ」を掛けていると、まるで光を集めているかのように鮮明に明るく見えるから、なおさら眩しい。

太陽は、曇り空のように薄く雲が掛かれば眩しくない。

ガラスを通して視界を確保するのが「メガネ」なら、ガラスに雲が掛かれば、同じ原理で太陽は眩しくないんじゃないか。

そう考えて、夜のように黒くしてみたいと念じたら、成功した。

俺が見ている世界は、今は「夜」である。

昼なのに夜のように暗い、黒いガラスを通して世界を見ている。

太陽を見ても全然眩しくない。なんだか太陽が黄色い点に見えるのだ。

……眩しくないかと思ったけど、あんまりじっと見ているとやっぱり眩しいな。太陽は強い。この世で一番強いのはもしかしたらメガネなんじゃないかという俺の幻想は一瞬で霧散した。なぜこんな考えに至ったかは自分でもわからないが。

一日目も二日目も、馬車の屋根の上で「メガネ」のことを考えながら、ちょっと昼寝したり師匠に貰った複合弓を構えたり弦を弾いたりして、道中を過ごした。

「──もうすぐうちに帰れるぞ」

「──子供が待ってると思うと気が逸《はや》るな」

兵士たちも馬車の旅に飽きてきたのだろう二日目の夕方、遠くに城壁が見えてきた。

あれが王都か。大きいなぁ。

俺は自分の村しか知らないから、王都がどんな場所なのか想像もつかない。

……えーと、まずお城へ行って偉い人に会って、それから姉を捜さないといけないんだよな。

両親に「姉の顔を見てこい」と言われているから。

俺も、ホルンの心配はあまりしていないが、一度も会っていないこの二年でどうなっているかは気になる。

正直、出発時は早く帰りたい気持ちでいっぱいだったが、少しだけ気が変わった。

王都に着いたら、「メガネ」のことを調べたい。

兵士のお兄さんの話では、図書館という本がたくさんある場所があって、調べ物はそこでできるそうだ。

俺は簡単な読み書きしかできないから、難しい本はきっと読めないと思うけど、一応行ってみようと思う。

第二話　メガネ君、王都ナスティアラで姉を捜す

「――めが、ね？　え？　めがね？」

王都に到着した、次の日。

夕方に到着した俺は、とりあえず宿に押し込められて一晩明かし、翌日の早朝。

朝食を食べるより早くやって来た兵士のお兄さん――戻ったら結婚すると言っていた馬車の旅に同道した方が迎えに来て、すぐに城へ連れていかれてしまった。

朝が早いおかげで往来に人気《ひとけ》は少ないが、とにかく建物の多さや大きさに驚いた。

旅の疲れもあったし、王都への入国門を潜《くぐ》ってすぐの宿屋に直行したし、更に出歩くなと言われたおかげで、昨日は夕飯を食べて風呂に入ってすぐ寝てしまったのだ。

だから、ちゃんと街並みを見たのは、これがはじめてだ。

やっぱり俺の村とは違うなぁ。都会はすごいね。

街道から続く大きな道をまっすぐ行けば、石積みの立派なお城が正面に構えている。あんなの童話や昔話でしか聞いたことがない。実際にこの目で見ると圧巻だ。

さて。

朝も早くから立っている門番に、兵士のお兄さんは身分証のようなものを見せ、城門を通過した。

俺も後に続く。門番にじろじろ見られながら。見られるのはやっぱり苦手だ。

そして。

城門を潜ったすぐそこに、二人の人物が立っていた。

上等な服を着ている四十歳ほどのヒゲのおっさんと、俺より二つ三つ年上っぽい綺麗な女性だ。

あ、女性の方はメガネを掛けているぞ。王都で出会った第一メガネ人である。

「ナスティアラ城へようこそ。気高い『素養』を持つ子よ」

女性がそう言い、笑顔で俺を迎えてくれた。おっさんの方は特に感慨も歓迎の意も示さず、難しい顔をしたまま変化はないが。

でも、笑顔で迎えてくれはしても、ここで出迎えるってことは、城の中には入るなってことだよな。厳密にはまだ城には入ってないしな。城門を越えたすぐそこだからな。ここ。

やっぱり田舎者がほいほい城内に入れるほど、甘くはないってことである。別にことさら入りたいとも思わないけど。人がたくさんいるだろうし。

兵士が、俺の「素養」を女性とヒゲのおっさんに伝える。

と――

「――めが、ね？　え？　めがね？」

二度見どころか三度見ほどされてしまった。女性にもおっさんにも。

「……え、めがね？　メガネって、あのメガネ？　これ？」

女性は俺の掛けている「あのメガネ」と、自分が掛けている「メガネ《これ》」を指差し、何度も確認する。

兵士は逐一頷《うなず》き、その戸惑いが間違いないことを首肯する。

うーん。

ここでもこんな顔されるわけか。

きっと偉い人なのだろう女性とおっさん二人も、村で儀式を見守っていた村人たちと同じ表情で、微妙な空気を漂わせている。

「ど……どういうこと？」

俺に聞かれても困る。

「メガネの素養」がどういうことかなんて、俺が知りたいくらいだ。とっくに受け入れてはいるが、そのもの自体の謎は深まるばかりだよ。

何はともあれ、とにかく見せた方が早いだろう。

「メガネの素質」を。

俺はすっと右手を差し出し――そこに「メガネ」を生み出して見せた。

「あっ、メガネ……！」

はい「メガネ」です。

「物理魔法か……！」

ヒゲのおっさんは、ここで初めて口を開いた。女性と違って冷静に見えるが、案外この人も戸惑いが大きかったりするのかもしれない。何せ「メガネ」だし。

「え？　え？　い、いただいても？」

え？

……あげる気はまったくなかったが、欲しいなら別にいい。同じ「メガネ仲間」みたいだし。

そう、数日前からではあるが、俺ももはや「メガネ常用者」であるわけだし。「メガネ人」と称されてもいいし。

俺が頷くと、女性は嬉しそうに「メガネ」を受け取り、自分のメガネと掛け替えた。

「うわっ……と、透明感が違う！　これは最上級のレンズ……！」

ん？

なんだかよくわからないが、女性は感動しているようだ。……透明感、か。そういえば女性の掛けていたメガネは、なんだか微妙にガラスが曇っていたな。あれが普通なのか？

「うっわぁ……レオードさんの毛穴までばっちり見えます。これはすごい！」

「黙れ。見るな」

嬉しそうに見ている女性に、おっさんは迷惑そうだ。言われてちょっと気になっちゃったのか手で鼻や口元を隠す。

俺はあんまり直視したくないが、女性というものは中年男性を鮮明にくっきりはっきり見ても気分を害さないようだ。この女性だからなのか、世の女性が全員そうなのかはわからないけど。

「『メガネ』……なんと扱いの困る『素養』だ……」

額に手を当て、おっさんは溜息《ためいき》をついた。俺としては嬉しいだけだが、周囲からするとそんな感想みたいだ。

「――君、しばらく王都に滞在しなさい」

え？

早く村に帰りたいのに、とんでもないことを言い出した。

「私の記憶が確かなら、『メガネ』などという『素養』は聞いたことがない。長い歴史のあるこの国でも把握していない、珍しい『素養』なのは間違いない。

だが、それだけにこの場で判断ができん。重要か、そうでないか」

そういえば、素直に「魔術師の素養」が見込まれたなら、国に召し抱えられるんだよな。これはそういう面談なんだよな。あと「珍しい素養」もな。

つまり俺の「メガネの素養」は、召し抱えるべきか否か、すぐに結論が出せないと。

だから偉い人たちと相談して決めたいからちょっと待ってなさい、って意味だな。

わかるよね。

この漂う微妙な空気からして。

歓迎していいのかどうか、独断で追い返してもいいのかどうか、もうどうしていいのやらって戸惑いが肌に刺さるように感じられるね。

「滞在はいいんですけど、俺は城勤めをする気は――」

「その話は後日だ。今日は帰っていい。君、彼に数日分の滞在費を渡しなさい」

城勤めする気はないんですけどー……って言いたかったんだが。

しかし、ろくに俺の言葉も聞かず、言うだけ言っておっさんは女性を引きずるようにして城内へ消えていった。

残された俺は、兵士のお兄さんから「今後も、昨日泊まった宿を使うように」とお金を貰い、表に追い出された。

うーん……馬車に揺られてはるばるやってきて、この扱いか。偉い人は田舎者を雑に扱うってのは本当みたいだな。

まあいいや。

せっかく王都に来たんだし、やりたいこともあるし、数日くらいなら待つことにしよう。

数日は待てと言われた以上、数日は王都から動けないわけだ。王命だし。果たしてどの程度のジジイの命令なのか知らないが。どれだけ苦労知らずのジジイの命令か知らないが。

なんにせよ、どうせ動けないし、この間にやるべきことはやっておこう。

まず、姉・ホルンを捜すか。

「メガネ」のことを調べるのは後でいいだろう。集約された技術はすごいけど、シンプルな構造なのは見ればわかるし、調べたところで大した情報が得られるとも思えない。きっと専門的な分野になっていくと思うから、調べるとなれば時間だけはやたら掛かりそうだし。

それよりは、姉を捜す方が早いだろう。

姉は、王都で冒険者になったと手紙にはあった。

俺の村にもたまーに冒険者が来ることがあったので、冒険者がどんな職なのかはなんとなく知っている。

村の人たちの話を総合すると、確か、魔物を狩ったり薬草を摘んだり実力がありそうな新米冒険者に絡んで上下関係を叩き込んだりする、態度と身体は大きいくせに心は狭い犯罪者予備軍みたいな連中、らしい。

これと言って決まった仕事はなく、その都度その都度で日雇いの仕事を請け負い、小銭程度の生活費を命懸けで稼いでいるんだとか。あとよく拾い食いをしたり、よく酒で失敗するらしい。よく賭け事で破産もするし、借金で首が回らなくなると危ない仕事もよくするとか。

まさに我が姉にぴったりの職業と言えるだろう。

ホルンは、小さい頃から、普通だの安定だのと言った常識の範囲に収まる器じゃなかったから。

基本的に拾い食いもよくしていた。

肉を食べたあとは骨までかじっていた。

骨を地面に埋めて「肉の木がなるかもよっ」と満面の笑みで言い出した時は正気を疑った。

そのあと、骨を掘り起こした犬と姉が骨の奪い合いをしていたのを、他人のフリして見なかったことにしたのはいい思い出だ。

「すいませーん」

方針は決まった。

警戒心露《あら》わに厳めしい顔で俺を見ている門番に、冒険者の巣窟がどこにあるのか聞いてみよう。

「……」

「すんませーん」

「………」

「すいませーん聞きたいことがあるんですけどー」

「………」

「すい」

「しつこい！　職務中だ、声を掛けるな！」

うわこわっ。怒ったよ。

「てっきり仕事中だから声を掛けられても無視してたのかと」

微動だにしないし。つい一歩一歩声を掛けるたびに近づいちゃったよ。もう手が届く距離だよ。

「本当にその通りだよ！　あえて無視してたんだ！　あえて！　わかっているなら察しなさい！」

「あ、そうですか。それで冒険者ってどこにいるんですかね？」

「職務中に話しかけるな！」

「あっち？　こっち？」

「……正面の大通りを行った、城門の近くにある冒険者ギルドへ行け」

舌打ちしながらも、門番は俺の質問に答えてくれた。よかった。都会の人は冷たいと聞いていたけど、そうでもないみたいだ。

「どーもー」

礼を言うが、さすがにもう何も言わなかった。きっと照れ屋さんなんだろう。

よし。必要な情報は得た。

冒険者ギルドか。これも聞いたことあるな。行ってみよう。


教えられた通りに大通りを行くと、剣だの斧《おの》だの鎧《よろい》だのと、やたら武装した姿の目立つ連中が出入りしている店を見つけた。

すぐにわかった。

ここが冒険者ギルドだ。

看板にもそう書いてある。これ見よがしに。

でも、人が多いな……あんまり行きたくないな。

それにあれだろ？　心の狭い中堅辺りでくすぶっているハゲの冒険者がはりきって新入り冒険者に絡んでくるんだろ？　嫌だなぁ。

……しかし行かないわけにもいかないしな。二年会っていないホルンのことも、気にならないわけじゃない。姉のことだから心配はしていないけど、気にはなっている。

仕方ない。こそっと紛れ込むか。

俺はその辺で少し待ち、見るからに冒険者って感じの、がちゃがちゃ鎧を鳴らしてギルドに入店しようとする大男のすぐ後ろにつき、気配を絶って一緒に侵入した。

そのまま何食わぬ顔で中を行き、何人か座れるテーブルではなく、一人客用のカウンター席にするりと着席した。

見られなかった。

およそ二十名ほどの冒険者らしき連中がいる中、誰一人として、視線を感じなかった。どうやら侵入には成功したようだ。

――いや。違う。

一人、見ているな。背後から視線を向けられている。

……うーん……強いな。視線の人。単純に俺より強そうだ。

もし野生動物なら、俺にとっては獲物ではなく、俺を狩る側の魔物だな。武装集団がひしめく中に、俺だけを見ている目。

俺の個人的な感情を抜きにしても、何らかの意思を感じる視線は避けたいのだが。だって絡んできそうだし。

「……あれ？　いらっしゃい……？」

いつからそこに、みたいな不思議そうな顔で、エプロン姿の女性が俺を見た。これがウエイトレスさんか。俺の村にはいなかったな。

店と厨房を行き来し料理や飲み物を運んでいたウエイトレスは、カウンターの奥にある棚の瓶を取りに来たところで、ようやく俺に気づいた。カウンター越しに目が合っている。

この人からすると、俺はいつの間にかそこにいたって感じだろう。

さっきすぐ横をすれ違ったんだけどね。全然気づかなかったみたいだ。

特に注文はないのだが……そういえば朝飯を食べていない。せっかくだし、ここで食べておこうかな。

「パン的なものとスープ的なものをください」

ここには何があるのかわからないので、適当に注文した。

出入りする冒険者は、そこまでお金があるようには見えない人もいるので、そんなに高いメニューはないはずだ。任せて大丈夫だろう。でもぼったくりには気を付けねば。高いと思ったら逃げよう。

「パン、的な……？」

さて。

「ああ、えっと、朝食のセットでいい？　パンとスープと果物が付くけど」

「あ、じゃあそれで」

とりあえず注文もしたので、姉を捜すか……と言いたいところだが、今この場にはいないみたいだ。

前を向いたまま、気配を探る。

ギルド内には、今二十人近くの冒険者がいる。テーブル席が六つ、その内の五つが利用されていて、人の出入りは激しい。

壁に張ってある紙を眺めては、仲間と相談したりギルドを出ていったりしているので、あの紙が日雇いの仕事の依頼書みたいなアレなんだろう。

やはり姉の気配はない。

あと、相変わらず一人だけ、俺を見ている者がいる。どういうつもりかはわからないが、俺より強そうだから、あんまり関わりたくないな。

ちょっとこっちに来ている感じだが。

「――少年」

なんか女性が声を掛けてきた気がするが。まあでも俺のことを呼んでいるとは限らない。

「――なあ、少年」

なんか隣のカウンター席に座って、じっとこっちを見ているが。

いやいや、まだまだわからないぞ。

俺に声を掛けているとは限らない。向こう側にいる誰かに話しかけている可能性もある。……向こう側に「少年」が当てはまる者は誰もいないけど。

「――お待たせ」

我関せずを貫いていると、ウエイトレスが料理を運んできた。お、うまそう。パンは村で食っていたのとあまり変わらないが、スープのこの香りは初めて嗅ぐ。知らない香辛料が入っているのかな？　それと肉が入ってるぞ。朝から豪勢だな。いただきまーす。

「――あらロロベル。どうしたの？」

早速スプーンを取り上げる俺は我関せずを貫くが、ウエイトレスが俺の隣の女性に声を掛けた。

さりげなく耳だけ傾けておく。

どういうつもりで俺を見ていて、どういうつもりで声を掛けてきたのか。その理由を知りたい。

それに、やっぱり俺に用があるわけじゃないかもしれないし。……さすがにそれはもう無理があるか。隣に座っちゃってるもんな。

「あ、わかった。ナンパでしょ？　でもナンパするには年下すぎない？　確かに可愛い子ではあるけど」

「いや違うから。ちょっと気になることがな」

気にしないでほしいんだが。

「この子、知ってるか？」

「いいえ。初めて見る顔ね。ねえ、はじめてよね？」

ウエイトレスが俺を見ている。

だが俺に話しかけているとは限らないので、何も言わず見向きもせずスープをむさぼる。うーん……都会のスープはうまい。何が入ってるんだろう。やっぱり未知の香辛料かな？

「……声を掛けてもこの調子でな」

「あんまり人と関わりたくないんでしょ。干渉を望まない冒険者なんて珍しくもないじゃない」

そうだそうだ。干渉を望まない冒険者は珍しくないんだぞ。俺は冒険者じゃないけど。

「あー……一応聞いてはいると思うから、用向きだけ言っておきたいんだが」

関わることを避けていることは察したようだが、それでもなお隣の女性は諦めず、俺に話しかけた理由を話すことにしたようだ。

「少年の、その、メガネがな。どこで手に入れたのかと思ってな」

めがね？

……メガネか。

そうか、「メガネ」に用があるのか。

しばし隣の女性とウエイトレスの視線を受けつつ、少し考え、俺は横を向いた。

「『メガネ』が何か？」

面倒ごとは嫌だけど、「メガネ」に用事があると言われれば、少しだけ聞く気になってしまった。

どっちにしろ、姉の情報を誰かから聞く必要もあるのだ。

この隣の女性——確かロロベルと言ったかな？　この人に色々聞いてみよう。


「私はロロベル・ローランだ。君は？」

荒くれ者が多い犯罪者予備軍と噂の冒険者にしては礼儀正しく、隣の女性ロロベルはきちんと名乗った。

歳は、たぶん二十歳くらい。中肉中背で俺より背が高い。

理知的でありながらも力強い緑の瞳に、額で切り揃えた短い金髪が特徴的だ。……というか、よく見たら後ろもバッサリ切り揃えているので、おかっぱ頭と言った方が近いかもしれない。武器も防具も帯びない普段着という体でありながら、この人はやはり強者の臭いがする。

　この冒険者ギルドにいる二十人の中で、頭一つ抜きん出ていると思う。俺の勘がそう告げている。たくさんの獲物や魔物と向き合ってきた、経験から導き出される俺の勘が。

「俺はエイル」

「エイルか。王都の者ではないな？」

「あ、個人情報はちょっと」

　自分のことは話したくない。

　あまり知られると、いらない面倒事に巻き込まれかねない。正直名前を名乗るのもどうかと思ったくらいだ。ロロベルが名乗ったから仕方なく言っただけだし。

「若いのに用心深いな」

　そうじゃなきゃ狩人はやっていけないからね。

「どうせ数日でいなくなるから。俺のことは気にしなくていいよ」

　長く王都に滞在する気はないし、知り合いを増やしたいとも思わないし。用事が済み次第村に帰ろうと思っているくらいだし。

　俺には、王都にいる目的がないから。

　師匠の「可能性を探せ」って言葉も、心には残っているが……

　でも結局俺がしたいことは、村でもできることばかりなんだよな。新しい弓の訓練とか、狩人の仕事とか。

王都じゃなくてもできることばかりだ。

何より、王都は人が多いし。俺には合わない。

「ふむ……まあ、だいたい予想は付くが」

「予想？」

「選定の儀式だろう？」

おっと。ここまでの情報だけで、俺が王都にいる理由を当てるか。

どっかの田舎から、王命とやらで、王都へ連れてこられた者たち。

ロロベルは、俺の境遇を察するくらいには、同じような境遇の者を見る機会があったのだろう。

「意外と多いの？　俺みたいなの」

「多くはないよ。城に呼ばれるほどの『素養』を持つ者など早々現れない」

珍しいけどいなくはないって感じか。

「ところで、そのメガネだが」

「それは報酬にしていい？」

「ん？　報酬？」

「まず俺の質問に答えてほしい。そうすればロロベルさんには教えるよ」

狩人たるもの、自分からぺらぺら手の内を明かすわけにはいかない。

師匠だって、弟子だから俺に教えているのであって、誰にでも自分の技術を気前よく教えているってわけではない。

あまり話したくはないが、しかし、情報の交換なら応じてもいい。

「なるほど、交換条件というわけだな。わかった、私に答えられることなら答えよう」

よし、これで情報源を確保できたな。


ロロベルの強さから察するに、冒険者歴は長く経験も豊富と見た。少なくとも昨日今日冒険者ギルドに出入りし始めたってわけではないはず。

ならば、二年前から活動しているはずのホルンを、知っている可能性は高い。

早速聞いてみよう。

「ホルンという冒険者を捜してるんだけど、知ってる？」

「ホルン？　というと――」

このあと、ロロベルの口から、驚愕の言葉が漏れる。

「――悪魔祓いの聖女か？」


…………


「そのホルンじゃないですね」

俺の姉は、聖女なんて上等な生地でくるまれるタイプではない。

茣蓙《ござ》か藁《わら》かなめしていない獣皮みたいなあだ名を巻いた方がよく似合うタイプだ。

もっと野暮ったくて、粗雑で、乱暴で……物事を食えるか食えないかで判断しているような……

野性味を売りにしているような、むしろ野性味しか持ち合わせていない奴だ。

「違うのか。……悪魔祓いの聖女以外で、ホルンという名の冒険者は……私は知らないな」

うーん、そうかー。

「ちなみに、捜しているホルンは俺と顔立ちとか似てると思うんだけど」

二年前まで、俺とホルンはかなり似ていた。

間違いなく姉弟、間違いなく血が繋《つな》がっているとばかりに。

正直言われるたびに心外だなーと思っていた。あんまり嬉しくはなかった。

二年を経た今、ホルンがどうなっているかはわからないが、でも急激に別人ってほど変わったというのも考えづらい。

「ああ、そうだ」

得心がいったとばかりにロロベルは頷く。

「初対面から誰かに似ているとずっと思っていたが、君は『悪魔祓いの聖女ホルン』によく似ている。髪型や雰囲気はまったく違うが顔は非常に似ている」

…………

「でも俺が捜してるのはそのホルンじゃないですね」

認めたくはない。

うちの姉は聖女なんてものではない。

たとえば冒険者ギルドで数々の問題を起こして出禁を食らったかわいそうな女がいたとしよう。

それこそ間違いなくホルンだ。俺の姉はそういう奴だ。

「待て。ここまでの話の流れを考えれば、どうにも君が捜しているのは聖女ホルンだと思うぞ」

………。

認めたくはない。

認めたくはない、が……。

そのあと、細かく条件を刻んで聞き込んでみると。

どうも間違いなく、その「悪魔祓いの聖女」とやらが、俺の姉である可能性が高そうだった。

「話をまとめると」

認めたくはなかったしまとめたくもないが、さすがにここまで特徴が一致してしまっては、別人だと言い切ることもできない。

「信じがたいけど、本当に信じがたいけど、ホルンは王都で聖女と呼ばれる冒険者になっていた。十数名からなる三ツ星の冒険者チーム『夜明けの黒鳥《こくちょう》』のメンバーに最年少で入団。すぐに頭角を現し、今や『悪魔祓いの聖女』の異名を持つ凄腕となっていた、と」

だいたい合ってる、とロロベルは頷く。間違っていてほしかった。無理か。

「付け加えると、『夜明けの黒鳥』は王都でもトップクラスの冒険者チームだ。三ツ星以上には魔王やドラゴン辺りを狩らないと上がれないから、実質最高ランクだと思っていい」

ふうん……。

「その三ツ星っていうのは、単純に星が多いとすごいってことでいいの？」

「ああ。無星から五ツ星までランクが存在する。個人とチームで星の評価も違う。ちなみに私は所属はなし、個人で二ツ星だ」

二ツ星。

ロロベルは二つでこんなに強くて、ホルンは更に星が多いチームにいるのか。

「ホルンとは同郷か？　まさか血族か？」

まあ、さすがにここまで事細かに聞いてしまえば、そりゃ関係者の疑いも――ん？

「ロロベル！　俺と組め！」

野太い声とともに、足音が荒い男がこっちに来た。

うーん……グイグイ来る苦手なおっさんっぽいなー。声も大きいし嫌だなぁ。あ、もちろん振り返りませんよ。他人他人。見たくもない。関わりたくもない。

俺は最初から嫌だが、おっさんとは顔見知りであろうロロベルも、若干嫌そうに眉間にしわを寄せた。

「ガリヴか。その話は断ったはずだが」

「そう言うなよ。二ツ星の俺たちが組めば、もっとデカい仕事ができるぜ」

えっ。びっくりした。

二ツ星って、ロロベルくらい強くないとダメなんじゃないの？　このおっさん、あんまり強いとは思えないんだけど。声と態度がデカいだけだぞ。実績があるのか？　まあ別に興味もないからどうでもいいけど。

「今大事な話をしている。向こうへ行ってくれ」

「大事な話？　この貧乏くせーガキと？」

うわー見てる。俺の後頭部に無遠慮な視線が向いてる。この騒ぎに注目している連中も見始めた。

……うわー。見てるわー。とりあえず朝食のリンゴを食べとこう。

「おい小僧。ロロベルになんの用だ」

どっかの小僧、呼んでるぞ。早く相手してやれよ。

「やめろガリヴ。彼に用があるのは私の方だ」

ロロベルは止めようとしているが、……こういうのはこの程度ではやめないだろうなぁ。

「先輩に挨拶くらいあってもいいんじゃねえか？　あ？　新入りがよ」

俺は新入りじゃない。だって冒険者になる気はさらさらないから。

——よし。朝食を食べ終わったぞ。これでいつでも、

「てめえ！　こっち向けって……お!?」

緊急退避できるってもんだ。

おっさんが手を伸ばしてくると同時に、俺は椅子から降りておっさんの手をかわし、脇を抜け、一目散にギルドから逃げ出した。


あーあ、やれやれ。

やっぱり絡まれるんじゃないか。ロロベルも含めれば朝飯食ってる間だけで二人に絡まれたこと

になる。嫌だね、無遠慮にグイグイ来る連中は。

でも、お金を出す間はなかったから、完全に食い逃げ状態である。あとで飯代を払いにいかないとな。ほとぼりが冷めたらもう一度行こう。

とりあえず、その、なんだ、ここからは悪魔祓いの聖女ホルン？　を、捜してみるとしよう。

ロロベルからの情報では、俺の姉と特徴は完全に一致している。が、できれば違う人であってほしい。他人の空似ってやつでいてほしい。

ホルンが冒険者として活動しているなら冒険者ギルドで待っててもいいかと思っていたけど、もう絡まれるのはごめんだ。もうあそこには行きたくない。

話に聞いた「夜明けの黒鳥」というチームのメンバーと接触できれば、会えるかな？

——ところで、だ。

ロロベルの頭上に浮かんでいた数字って、結局なんだったんだろう。
52、って書いてあったけど。

冒険者と聞いて何を連想するかと言われれば、やはり武装である。装備である。大層立派な剣と鎧と盾である。時々使いこなせているか怪しい者や鎧が重そうな人がいるのもご愛敬である。

冒険者には切っても切り離せない癒着関係にあると見た。次の聞き込み場所は、武器とか防具とかを扱っている店にしよう。

ホルンはどうも有名な冒険者チームに所属しているらしいので、そこでも噂話程度なら聞けそうな気がする。

別に突っ込んだ情報が欲しいわけでもないから、向こうも答えやすいはず。

それに、都会にはどんな弓があるかも興味がある。

――と、思っていたのだが。


「あたしらになんか用？」

一発目で会えてしまった。「夜明けの黒鳥」のメンバーに。

冒険者ギルドから程近い、大通りに面した武器を扱っている店に入った。冒険者らしき客が三名ほどいて、なかなか広い。品ぞろえはいい方、なのかな？　何分武器屋は初めてなのでよくわからないけど。

棚や壁に並び、タルに突っ込んであったりする多種多様な武器を眺めつつ、弓はないかと探すがそれらしいものはない。

まあないものはしょうがないとして、奥で剣を研いでいる店員らしき初老のじいさんに、声を掛けてみた。

『夜明けの黒鳥』を知らないか、と。

すると、答えたのは、近くにいた客だった。

「あたしらになんか用？」と。

「え？　黒鳥のメンバー？」

予想外に若く、そして予想外に弱そうな赤毛の少女である。俺と大して歳も変わらないはず。武装もしていない。

「そうだけど」

……えー？

わからん。『夜明けの黒鳥』は三ツ星のチームなんだよな？

二ツ星のロロベルを基準に考えれば、全員あれくらい強い、もしくはあれ以上強い連中の集まりって感じがするんだが。

なんだ？　俺の思い違いでもあるのか？

「何？　……変なメガネ」

すごいジロジロ見てしまったせいで、嫌な顔をされてしまった。大して見たい顔でも……いや、女性にこれは失礼だな。あんまりジロジロ見なくても問題ない顔なのに。

いや、だって、戸惑うのも仕方ないだろう。

どこをどう見ても、その辺を普通に歩いているような普通の少女にしか見えない。ロロベルのような強さを感じることもない。気配もただの村人って感じで隙だらけ。

なのに、トップクラスの冒険者チームのメンバー？　なぜ？

……いや、まあいいか。

その冒険者チームがどうであろうとなんであろうと、俺は姉に用があるだけだ。

不自然や不可解を気にしたって仕方ない。疑問に思ったところで好奇心以上のものでもない。なら知らなくてもいい。

「あのー、メンバーのホルンに会いたいんだけど、今どこにいる？」

「はあ!?」

少女は嫌そうな顔から急変、なんか急に眉が吊り上がった。え、何この反応。

「ホルンお姉さまに会いたい!?　あんたみたいな貧乏そうなガキが!?　なんで!?」

お姉さまって。君はホルンの妹かよ。俺はホルンの弟だよ。なんでと言われても。

「――うるせぇな」

なおも何か言いかけて少女が口を開いた瞬間、下っ腹に響くような低い声が通り抜けた。

「店で騒ぐな。ここはガキの遊び場じゃねぇ」

店員である初老のじいさんが、ものすごく剣呑《けんのん》な目で俺たちを見ていた。……ああ、あれはまずいな。あれは必要なら躊躇《ちゅうちょ》なく人を殺せる奴の目だ。ほんと怖い。

まあ騒いでいたのは俺じゃないので、視線は主に少女の方に向いているが。その少女も面食らったようでたじろいでいるが。

「おい小僧」

あれ？　まさかの飛び火？　こっちにも来るの？

「ホルンなら魔物討伐に出ている。王都に帰るのは最短でも三日後だ。用は済んだか？　買う気がないなら行け」

ああ、そう。そうか、今は王都にいないのか。帰るのは三日後以降か。

「ありがとう、じいさん。ついでに聞くけど弓は扱ってないの？」

「うちは刃物専門だ、矢もねえよ。弓に用があるなら六番地の『ジョセフの店』を訪ねろ」

あ、やっぱり取り扱ってないのか。

「重ね重ねありがとう」

目つきは怖いが、意外と親切だったな。情報も聞けたし助かった。

お礼ってわけでもないが、ついでに何か買い物とかしたいところだ。

でも、俺は刃物はあんまり使わないからなぁ……そうだな、獲物をさばく解体用ナイフとかここで買おうかな。愛用しているナイフはそろそろ寿命だ。新調してもいいいと思う。

それこそ、都会に来た記念に、買ってみようかな。今は持ち合わせがないから無理だけど。

そんなことを考えながら、店を出た。


「待ちなさいよ」

さて。

せっかく教えてもらったし、その、六番地の「ジョセフの店」ってところに行ってみようかな。

都会の弓を見てみたい。

「待ちなさいって」

ホルンが最短三日で戻ってくるなら、俺も三日は滞在しなければならない。城から滞在費は貰っているけど、そんなに多くはない。無駄遣いはできないな。

「ちょ……ほんと待ちなさいって！　ねえ！」

一応、狩人生活で蓄えた俺の貯金も持ってきてはいるが、あんまり多くはないんだよな。二年前にホルンが王都へ向かう時、餞別《せんべつ》として全部渡しちゃったから。それがなければそこそこあったとは思うけど。

どうせホルンのことだから、すぐに村に帰ってくることはない。きっと王都で買い食いとか買い物とかしたいだろうと思って。村ではお金の使い道もないし、俺もその頃は全然いらなかったし。

……でも、俺は確かに「土産を買ってこい」と言って、ホルンに土産代として渡したはずだけどな。

肝心の土産はいまだ届いていないし、そればかりか本人さえ一度も帰ってこないけどな。

「メガネ！　メーガーネー！」

…………

さすがに腕を取られてしまっては、無視はできないな。

「俺のこと？」

「あんた以外にどこにメガネがいるんだよ！」

「ほかの人であってほしかった。そう思っていた」

「何それ!?　あのさ！　忘れてるかもしれないけど！　ホルンお姉さまのこと聞いたのそっちだからね！」

そこを言われたら仕方ない。確かにその通りだから。

——さっき武器屋で声を掛けた「夜明けの黒鳥」のメンバーである赤毛の少女が、店を出てからも付いてきていた。

このうるさいのを連れて動くと、とにかく目立つ。ただでさえ人が多くなってきた頃合いである。向けられる視線が嫌だ。

仕方ないから対応してさっさと別れよう。

「といっても、俺の用事はもう済んだよ」

店員のじいさんから必要なことは聞いた。

「率直に言うと、俺はもう君に用はない」

「こっちにはあるの！」

だろうなぁ。だから追いかけてきたんだよなぁ。

「六番地ってどっち？」

「なんでこの流れでそれ聞くの!?　話が終わるまで行かせないけど!?」

「話しながら行こうよ。で、どっち？」

「答えたら逃げるんでしょ？」

「逃げないよ。とにかく急いで行きたいから全速力で走るだけだよ。それを逃げているなんて言われると心外だよ。傷つくよ」

「本音は？」

「全力で逃げるよ」

「……はぁ」

溜息つかれたよ。疲れた溜息つかれたよ。

「お願いだから聞いてくれないかな？　あたしだって暇じゃないし、騒ぎたいわけでもないから」

……お願いされてしまった。

「わかったよ」

どうせロクな話じゃないだろうけど、聞くだけは聞いてみよう。

「今度は逃げないから、歩きながら話そう」

「ほんと？　絶対だよ？」

「うん。で、どっち？」

「あっちの、大通りを行った先――おいこらおまええぇぇぇぇー－－－！　メガネぇー－－－－－！」

――アルバト村のエイル、本日二度目の華麗なる逃亡であった。


早く村に帰りたいだ王都に用はないだ思っていたが、なんだかんだ物珍しくあれこれ見て回り、楽しく王都観光を楽しんだ午前中。

昼には、ナスティアラ王国名物の「大葱と青鴨《あおがも》のスープパスタ」を堪能し、宿に戻ってきた。青鴨はうまいよなぁ。大葱と合わせると凶悪なまでにうまいな。こりゃ名物になるわ。

荷物や弓は、宿に置いたままだ。

一泊の予定だったはずだが、城から数日の滞在を命じられたので、連泊の手続きをしなければいけない。
それが終わったら、どこか場所を探して、弓の訓練を……
「──おかえり」
…………
退路を断たれた。
宿に入ってすぐ、今通ってきた出入り口に、二人の女性が立ち塞がっていた。
金髪おかっぱ頭のロロベルと、武器屋で絡まれた少女である。

第三話　メガネ君、姉を待つ間に狩場へ出る

さすがに宿まで押しかけられては、話を聞かないわけにもいかない。

だが、待ってほしい。

「ロロベルさんはわかるけど、そっちはわからない」

約束を忘れていたわけじゃない。気にはしていた。ロロベルとは情報を交換する約束をしていたから。あと冒険者ギルドでの食い逃げも覚えている。お金は払いに行くつもりだった。

でも、こっちの赤毛の少女はわからない。関係ないだろう。

「だから言ったでしょ！　話があるの！　お願いだから聞いてくれない!?」

……まあ、宿まで知られているみたいだしなぁ。仕方ないな。

「これもロロベルさんならわかるけど、なんで俺がここに泊まっているってわかったの？」

あ、そう。

「同じ理由だと思うけど」

つまり、選定の儀式で田舎から連れてこられた者は、この宿に泊まる。それを知っていたわけか。

「あんたみたいなふてぶてしい新入り冒険者、見たことないから。どうせ選定の儀式で地方から出てきたばっかの田舎者だと思ったわけ。あたしのことも知らないし」

俺は冒険者じゃないし冒険者志望でもないしふれぶてしくもないんだが……まあ、いいか。

「ちょっと待ってて。連泊の手続きをしてくるから」

もう逃げる理由もないから、話くらいはちゃんとしておこう。ロロベルとは約束していたし、少女の方は……まあ、面倒な話じゃなければ、聞くだけ聞いてさっさとお引き取り願おう。


手続きを済ませ、女性二人を借りている部屋に通す。

まあ、狭くてベッド以外何もないような、本当に寝るだけみたいな部屋だけど。これで食事なしで風呂はあるというのだから……

……ああ、冷静に考えたら、確かに選定の儀式で連れてこられた者用の宿なのか。

きったない格好の田舎者に城まで来られても迷惑だから、せめて風呂くらいは入って小綺麗にしてこいっていう、あれだな。

風呂なんて贅沢なもの、村には小さな共同浴場があるくらいだった。

都会でもいくつか共同浴場があるのを見たので、一世帯に一つ、なんてこともないみたいだ。

これだけ狭い宿で食事もなし、なのに風呂だけはあるなんて、明らかにって感じである。地方から来た小汚い小僧や小娘どもを小綺麗にするため、以外の理由はないだろう。

とりあえず女性二人にはベッドに座ってもらって、俺は壁に寄り掛かって立っていることにする。

もちろん、何か異常や危険があったら、すぐに脱出できるようにだ。赤毛の方はどうとでもなりそうだが、金髪おかっぱの方は俺では勝てないし、どうしようもない。

――そして、アレだ。

部屋に入ってから、また、ロロベルの頭の上に数字が見えるようになった。

今度は「31」だ。

冒険者ギルドで見た時は、確か「52」だった。今は「31」。この数字はなんなんだ?

いや、待てよ?

俺だから見えているのか?

それともロロベルが出しているのか?

午前中は色々見て回ったが、ロロベルのように数字が見える人はいなかった。つまりロロベルだけ数字が見えるということになる。

………………わからん。

隣の少女は見えないので、もしかしたら、俺がどうこうじゃなくてロロベルがどうこうって可能性もなくはない。

というか、少女にもロロベルの数字が見えているという可能性はどうだ? 俺だけ知らなくて冒険者界隈では有名な話だったりするのかもしれない。ロロベルの数字の話は周知の事実なのかもしれない。基本的に丸出しの数字だったりするのかもしれない。

真相はさっぱりわからないが、俺の「メガネの素養」みたいな「数字の素養」を持っていることも考えられるんじゃないか？　理由は本当にわからないが。

最初は年齢かと思ったが、「52」でも「31」でも、ちょっとそんな年齢には見えないからな……きっと二十歳くらいだと思うし。

……………やっぱりわからん。

ギルドの時と同じように、何も見えていないフリでもしておこう。仮にあの数字がロロベルからの発信であった場合、俺から見えていることを教える必要はない。

「ロロベルさん、先に謝っとくよ。逃げてごめん」

「構わない。逃げた理由も理解できている。私こそすまない、巻き込みそうになった」

うん。正しく理解しているようだ。

俺が逃げたのは、ロロベルの揉め事に巻き込まれそうになったから、だからな。決して俺がどうこうの理由からじゃない。

「それにしても逃げ足が早いな。誰も君の動きについていけていなかった。まさか冒険者ギルドで食い逃げが実行されるとはな」

ああいうのは見返りを期待して誰もが捕まえようとするんだが、とロロベルは愉快そうに笑う。

「朝が早かったし、みんな寝ぼけてたんじゃない？」

「まあそういうことにしておこう」

完全に気配を絶つと、動物はそれを視認しづらくなると師匠に聞いた。代わりに嗅覚だの聴覚だの、あるいは空気や地面の振動で察知する能力が発達したとか。

動物はそうだが、人間は視覚に頼る部分が大きいから、見えづらくなるそうだ。

実際、師匠の気配絶ちはすごいもんな。あんな熊みたいな大男なのに、本当に、こう、影が薄くなるというか、存在感が希薄になる。

一緒に狩りに出ている時なんか、気が付けばそこにいない、みたいなことも多かった。

もっとも、同じ領域かその近くにいる者は、視覚以外の感覚も発達しているみたいだが。師匠然り。ロロベル然り。俺もそこそこだ。そして姉もかなりすごかった。基本野生児だから。

「お金はちゃんとギルドに払いに行くよ」

「必要ない。私が出しておいた」

「借りを作ると高くつきそうだがら、返すよ」

「なんだ？　遠慮しなくていいんだぞ？」

いや、遠慮した方がよさそうだ。朝飯代くらいで割に合わない面倒事を押し付けられそうな気がするから。


朝食代を渡すと、ロロベルは「して、本題だが」と切り出した。

ああ、「メガネ」ね。そういう理由で話しかけてきたからね。

「目の悪い知り合いがいてな。今使っているメガネがどうもしっくり来ないらしい。というか私から見れば、レンズの質が悪い気がする。最初からぼやけているというか、濁っているというか。

そんな時に、君のメガネだ。その一切の曇りのない、水のように透き通ったレンズ……そこまで綺麗なものは見たことがない。私はそれが欲しいのだ」

うーん。すごく真っ当な理由だな。

「どこで手に入れたのか、教えてくれないか？」

その答えは、俺が「自分の素養で生み出した」というのが正解だけど。

でも個人情報を漏らすのは嫌だ。実用性があるかどうかは別として、「珍しい素養」ではあるのだ。あんまり知られて余計な揉め事や騒動に巻き込まれたくない。

……巻き込まれたくはないが、ロロベルには教えるという約束をした。

要するに、「素養」のことは話さず「メガネ」のことを話せばいいわけだ。

「予備があるからあげるよ。出所は内緒。そういう約束で手に入れたから」

「くれるのか？　金は払うぞ」

「口止め料込みだからいいよ。誰にも言わないでね」

と、俺はさもそこにあったかのように、置きっぱなしの背負い袋に手を突っ込み「メガネ」を作り、取り出して見せた。

本日二個目の「メガネ」。今日の魔力分は売り切れだな。

「はい」

「おお……ありがとう！　助かる！」

たぶん、その、ガラス……レンズ？　を、俺は多少イジれるとは思う。人それぞれに合う歪みがあるはずだから、個人個人に合わせた「メガネ」を渡した方がいいんだろう。

でも、さすがにそれができることは話せない。

朝、お城の偉い女性に渡したのも、今ロロベルに渡したのも、俺基準で俺に合う「メガネ」だ。ちゃんと視力に合った歪みのものを渡したいとは思うが、「素養」がバレるのでナシだ。城の女性はちゃんと話す間もなかったし。隣のヒゲのおっさんが俺の話を全然聞いてくれなかったから。

ところでだ。

「なんで自分で掛けるの?」

なんかロロベルがしれっと、俺の渡した「メガネ」を掛けているが。知り合いのじゃないのかよ。

……うわ、すごく頭よさそうに見える。金髪おかっぱにメガネ。この組み合わせは無駄に知的に見えると言わざるを得ない。

「いや、こういうのは初めてなもので……なるほど、確かに見え方がまったく違うな」

「それロロベルさんの分なの?」

「いや、本当に知り合いの分だ。ちょっと試してみただけだ」

と、ロロベルは「メガネ」を、隣に座る赤毛の少女に渡した。

「え? な、なんですか?」

「掛けてみたそうな顔をしていたから」

うん。「メガネ」の話になってから、すごいしてた。邪魔しないように発言は控えてたけど、すごい興味津々な顔してた。

「べ、別にいいです。興味ないし。それより今度はこっちの話、いい?」

いいわけがない。聞く筋合いもない。

だけど、これ以上付きまとわれても困るので、聞くだけ聞こうか。

——それにしても、気が付いたら数字が変わっている。

今度は「74」か。

ロロベルの上の数字がすごく気になる。いったいなんなんだろう。


「今更だけど、二人は知り合い？」

ロロベルと少女は、あまり互いを気にしていない。同じ冒険者同士ではあると思うが、親しいかどうかは別問題のはずだ。

「本当に今更だね」

「うん。全然興味なかったからね」

「持てよ！　興味！　あ、だから平気で人から逃げるのか！」

まったくもってその通りなので、何も言うことはない。

それに今聞いたのも、ロロベルと少女にとっては、お互い部外者同士なのに流れで同席している状態だからだ。

関係ない人がいるのに個人的な話をして、気にならないか気になっただけだ。俺なら絶対に気になるから。

「一緒に仕事をしたことはないが、お互い顔と名前くらいは知っているかな。特に彼女は有名な

『黒鳥』の一員だからな」

一人憤慨している少女に代わり、ロロベルが言った。

「彼女の名前はライラ。少し前に、君と同じように選定の儀式を経て王都へやってきた」

へえ。つまり――

「『魔術師の素養』があるの？」

「そうだ。だから冒険者界隈で彼女の取り合いがあった。そして『黒鳥』に所属することになった。そんな紆余曲折があって有名になったんだ」

あ、そうか。だから弱そうなのか。

言わば、まだ魔法が使えるってだけの新入り冒険者ってことだな。

「素養」がはっきりする前は、特に鍛えることもなく村人として過ごしてきたのだろう。

そりゃ急に魔術師になったところで、技術も経験も追いついていないのだから、弱いはずだ。

「魔術師は貴重だ。魔術師が一人いるだけで、チームの在り方もできることの幅もずいぶん変わるからな。彼女も引く手数多《あまた》だったよ」

まあ、田舎者でも城に仕えられるチャンスが巡るんだから、それくらい貴重ではあるのだろう。

「で、あたしはホルンお姉さまがいる『夜明けの黒鳥』を選んだわけ」

ふうん。

「すごいんだね」

「……こんなに感情のこもってない賞賛の言葉は初めてだわ」

それは仕方ないだろう。彼女――ライラが魔術師であっても誰がそうであっても、俺には関係ないんだから。

「はい、今度はメガネの番」

ん？

「俺？　何を言えばいいの？」

「ホルンお姉さまに用があるんでしょ？　なんの用なの？」

ライラは、嘘は見逃さないとばかりに鋭い視線を向けてくる。

身内であることは、言いたくないなぁ。

ホルンがやらかしていたら、「弟も同罪」とか「弟なら姉の面倒見ろ」とか言われそうだしなぁ。

「一言で言えば、知り合いだよ」

「二言で言えば？」

「同じ村の、知り合いだよ」

「具体的に言えば？」

「え？　具体的？　うーん……彼女の家族に様子を見てこいって頼まれた、同じ村の知り合いだよ」

嘘は言っていない。俺も家族だと言っていないだけだ。

なんにせよ、これ以上言えることはない。関係ない奴に話せるのはこれくらいだ。

ホルンと知り合い、敵じゃない、ってことが伝われば、ライラも引くだろう。

「……なんか胡散臭いんだよなぁ、このメガネ」

「そうかな。こんなに素直な人、そういないと思うけど」

「自分で言うな」

この場に知り合いがいないんだから、自己弁護くらいしてもいいだろう。……素直だと思うけどなぁ。傍から見ても「あ、こいつ興味ないな」ってすぐわかるって評判だったし。

「ねえ、本当に知り合いいないんだよね？」

「うん」

知り合いどころか血族だし。

「そっか……一応聞くけど、その様子だと、ホルンお姉さまの現状は知らないんだよね？」

「まったく。村を出て二年、一度も帰ってきてないよ」

俺がそう答えたら、ライラの雰囲気が変わった。

浮ついた空気が消え、少し思いつめた深刻な表情を見せた後――何かを決めたように瞳の焦点が定まる。

「ホルンお姉さまを捜すなら、そのうちどこかで耳に入ると思う。だから今あたしから言うね」

一瞬、「あ、聞きたくない」と思った。

この改まりようからして、やはり姉は、なにかやらかしているようだ。

……まあ、聞くだけ聞いとくか。危険な案件になったらさっさと逃げよう。

「ホルンお姉さま、多額の借金があるの」

あ、やっぱり聞きたくない類《たぐい》の話だった。

「何やったの？　お偉いさんでも殴ったの？　それとも誰かの剣を投げ捨てたの？　高い物ばっか食べ歩いたとか？　あ、わかった。何かを壊した弁償代でしょ？　それで詐欺にあったんだ？　そういうの都会では多いんでしょ？　都会って本当に怖いよね」

「な、なんだよ。急に口数多くなって」

そりゃそうだろう。興味のある話だし。下手をすれば両親や村や俺にまでのしかかってくる話じゃないか。

「すごく簡単に言うと、『夜明けの黒鳥』に仕事を依頼したんだよ。その時のお金が全部借金。で、『黒鳥』に所属したのも借金返済のため」

……依頼のお金か。無駄遣いでも損害賠償でもないと。ぼったくりでも詐欺でもないと。

「なんの依頼？　経緯は？」

「ある村が魔物に襲われてね。でも貧乏だから、報酬で出せる金額がすごく安かったの。結果動いてくれる冒険者がいなかった。

国は手続きだなんだですぐには動けない。どうしてもその場ですぐに来てくれる強い誰かが必要だった。

で、たまたまそこにいたホルンお姉さまが口を出したの」

…………

「金なら自分が全額立て替えるから誰か早く行け、って言ってね。それが依頼として受理されたわけ」

……ああ、なるほど。

「それで、有名な冒険者チームである『夜明けの黒鳥』が動いたと」

「うん。王都で一、二を争う冒険者チームが迅速に動いてくれた。おかげで村の損害は最小限で済んだ。家畜が死んだけど、死人は出なかったから。間違いなく最小限の被害だったと思う」

そうか。それで借金か。

やっぱり俺の姉は、器がデカいな。


「なるほどな」

ライラの隣にいるロロベルも、なぜか納得していた。

「私もホルンの借金の噂は聞いたことがあったが、詳しい経緯を聞いたのは初めてだ」

どうやら彼女も、ホルンがチームに借金をしていることは知っていたようだ。

「だが聞いた噂によると、仕事の後で『黒鳥』は、報酬はいらないと宣言したと聞いたが」

ふうん。そうか。

「黒鳥」のリーダーの本心はわからないが、その流れで十五になったばかりの小娘から大金を貰うというのは、冒険者全体のメンツに関わると思う。

まあ、受け入れたら絶対に評判は落ちるだろうね。

人情だのなんだのが前面に出た仕事は、得を取ると損をするからね。

でも、報酬はいらないと言われたあとのホルンの言動は、容易に想像できるけどな。

「でもホルンは『一度決めたことは死んでも守る』とか言って断ったんじゃないの？」

ホルンはそういう奴だった。

「あ、ほんとに知り合いなんだ。そうそう、そう言って突っぱねたらしいよ」

更に読めるぞ。

「同じ理由で、助かった村からのお金も断ったんだろ？」

「え、そんなことまでわかるの!?　さ、さすが同郷……」

それで、多額の借金か。

ホルンのことだから、借金返済が完了するまでは、村に帰らないと決めたんだろう。もしくは借金自体をすでに忘れているか。ホルンはそういう奴でもあるから。

そして二年、か。

……ははっ。バカだな。俺の姉は。

バカでどうしようもないほどアレだが、やっぱり自慢の姉だ。

ライラの様子から、姉は二年前からあまり変わっていないみたいだ。

俺がホルンのことを尋ねた時に、ピリピリしてここまで追ってきた理由は、今も騙されやすい手のかかる人だからだろう。

周囲の者は、ライラのように見張ったり気を配らないと、心配で見ていられないのだと思う。村でもそうだったし。きっと今も、冒険者チーム内でもそんな感じなんだろう。

姉は、やると決めたことはだいたいやり遂げるが、それ以外はアレだから。控えめに言って全然ダメだから。ダメな奴だから。ダメな上に愚かな奴だから。控えめでもそんな奴だから。

きっとこの都会で、ちょいちょい詐欺的なものに引っかかって、周りにたくさん迷惑を掛けているんじゃなかろうか。容易に想像できる。

そしてライラは俺を、またホルンを騙してお金を巻き上げようとしている胡散臭いメガネの詐欺師だと疑っていたんだろう。ひどい女である。

まあ、違うかもしれないけど。

「じゃあ、あたしは帰るから」

「私も行く。メガネをありがとう」

話が済んだところで、ライラとロロベルが立ち上がった。

ライラとは、三日後の夕方に再び会うことになった。ホルンが帰ってきていたら引き合わせる、という約束をしたのだ。

さてと。

予定外の客が押し寄せたものの、太陽は高いところにいる。まだ昼を少し過ぎたくらいである。

俺が宿に戻ってきた理由は、弓を取りに来たからだ。

大通り沿いの武器屋で教えてもらった、弓を扱っているという六番地の「ジョセフの店」を訪ねたところ、裏に弓の練習場があると聞いたのだ。なんでも商品の試射用に造った場所らしい。

商品の試し撃ちならともかく、弓の持ち込みなので、きっちり使用料は取られるみたいだが。

でもほかに近くで安全に練習できそうな場所がないので、そこを使わせてもらうことにしよう。

そして、だ。

ライラの話を聞いて、漠然と予定も決まった。

どうせ数日は動けないのだから、その間に幾らかお金を稼ぐことにする。

ホルンの借金返済の足しにしてもいいし、王都に来た記念に解体用ナイフを買ってもいい。今の懐具合は非常に寂しいし、お金はあって困るものじゃない。

成人祝いに師匠に貰った弓は、まだまだ慣れていないので、今日は無理だ。

なんとか今日中に身体に馴染ませて、明日からは狩りに出たいと思う。


翌日。

ゆっくり朝食を食べて、午前中いっぱいは城からの使いを待つ。

誰も来ないことを確認してから、昨日の内に準備していた荷物を持って、入国門へ向かった。

「通れ」

昨日の内に準備をしておいたので、簡単に門番の前を通過できた。

ジョセフの店の店長ジョセフに色々聞いたところ、俺はまだ身分証がない。なので入国する時は通行税が掛かるらしい。

役所や各ギルドなどで発行される身分証が、一番手っ取り早く身分証を取得する方法だそうなので、取ってきた。

そう、狩猟ギルドの身分証である。

冒険者ギルドより職員が少なく、規模も小さく、目立つ活動もあまりなく、人の出入りも少なく、あくまでも狩りを主体として生物の行動・習性の情報収集に対応する組織で、民間から回ってくる依頼仕事も少ない。

どの面から見ても冒険者ギルドの方がいい、と見なされているおかげで、まったく人気がないらしい。

そんな狩猟ギルドに登録した。

完全に俺好みだったから、そこなら登録してもいいと思った。

店構えもひっそりしていたし、中もただ受付があるくらいの小規模な小屋で、日に五、六人しか出入りしないという寂れたギルドだ。受付嬢もまったくやる気がなかったというのも俺には大きい。

興味津々でグイグイ来られたらたぶん帰っていた。

だが、近辺における生物の分布や行動習性など、扱う情報自体は本物だったので、そんな嬉しい誤算もあった。

小規模ではあるが、細々と機能はしているということだ。決して潰れているわけではなく。きっと俺のように人目に付きたくない者が利用しているのだろう。

なお、やはり身分証の発行には色々手続きが必要だった。が、俺の場合は「選定の儀式からの王都訪問」という、ある意味ここにいることこそ国が「この国の住人だ」と身分を証明していると説明され、本当に簡単に作ることができた。これまた嬉しい誤算である。登録料で有り金全部なくなったけど。これは嬉しくない誤算だ。都会は何をするにもお金が掛かる。

入国門を潜り、近辺を記した地図……を自分で書き写した紙を広げ、向かう先を確認する。

目的地は、新人冒険者がよく行く南の森だ。奥まで行かなければ比較的安全らしい。

「あっちか」

一般的な獲物として考えられるウサギやシカなどを狙う予定だと話したら、遠く南に見える森が、一番近い狩場だと受付嬢が教えてくれた。

うーん、「メガネ」がなかったら俺にはぼんやりとしかぼんやりとしか見えないくらい遠いなぁ。

距離からして、のんびり歩くと、到着するのは夕方になりそうだ。

目的地を見定め、俺は小走りで走り出した。

入国門付近は行商人風の人や馬車が見えたが、街道を外れていくと、冒険者らしき連中がちらほら見えた。

すれ違ったり追い抜いたりして、目的地に急ぐ。

――この辺でいいかな。

小さな川を越えた先は、鬱蒼とした森が広がっている。

俺は弓に弦を張り、狩りの準備を整えた。

「……何人か人がいるな」

見た感じは静かなものだが、気配を探ると、森の中に数人いるのがわかる。森に入ったすぐ近くにいるっぽいな。何をしているんだろう。

いや、なんでもいいか。きっと薬草とか採っている冒険者だろう。

人が入っているせいで、獲物は近くにはいないようだ。森の奥へ逃げたんだろう。

……あ、いや、いる。一羽。

俺はその場で弓を構え、森に向かって矢を放った。

「――ギッ」

金属が擦《こす》れたような音がした。

一直線に飛んだ矢は、狙い通り当たったようだ。

川を飛び越えて森に入ると、茶色い羽毛のオロ雉《きじ》が、俺の撃った矢に貫かれて地面に転がっていた。食べるとおいしい一般的な野鳥である。よしよし、幸先がいいな。

「上は意外と穴場か？」

血抜きのために首を切って逆さにし、その辺の枝に吊るしておく。

動物なんかは人を外敵と見なし、気配を感じたりしたら逃げるものだ。鳥も似たようなものなのだが……

でも、この森は、そうでもなさそうだ。

感じられる距離だけでも、二羽は弓で狙える範囲にいる。

もしかしたら、この辺を活動場所にしている冒険者たちは、地面に立つ動物や魔物にしか興味がないのかもしれない。

だから上にいる鳥たちは、人間をあまり警戒していないようだ。襲われることがなく、素通りしていくから。

まあ、たぶんそうだろうって推測だけど。

見えないだけで、獲物はいる。

しかも獲物の警戒心が薄い、穴場っぽい。

よし、今日は森の入り口近くで鳥を中心に狩るか。ウサギやシカを探すより楽そうだ。

まだまだ弓も慣らしたいし、初めての狩場なので深入りはせず、今日のところはゆっくり地形を確かめる程度にしておこう。

――結果、短時間で五羽という戦果を引っ提げ、王都へ戻るのだった。


「それにしても、不思議な『メガネ』だな」

木々の奥、枝の向こう、茂る葉にひそんだ獲物をじっと見ていると、まるで木々や枝がほんの少しだけ透き通っているかのように、獲物の状態や姿勢、向きが見える……ような気がした。

実際には見えていないはずだが、そんな風に見える、ような気がしたのだ。

もしや、視力がよくなったから、詳細に気配を感じられるようになったりしたのかもしれない。

視力と気配の察知に関連性があるのかどうかわからないが。

どうあれ、短時間でこれだけの獲物が獲れたのは、間違いなく「メガネ」のおかげだろう。

非常にありがたい「素養」である。

第四話　メガネ君、メガネの力で狩りをする

結局この二日ほどは城からの使いも来ず、昨日今日と二日続けて狩りに出かけ、狩猟ギルドで獲った獲物を換金するという日々を過ごした。

もうすぐ陽《ひ》が沈むという、半分だけ夜に染まっている空の下、その足で冒険者ギルドへ向かう。

もう夕方だ。今日は、早ければホルンが帰ってくると言っていた三日目で、ライラと待ち合わせの約束をした日でもある。

姉が王都に帰ってきていれば、今日会えるはずだが――

「まだ帰ってないんだ」

二日ぶりにライラとは会えたものの、肝心のホルンはまだ王都に戻っていないそうだ。

情報源である武器屋のじいさんは、確かに「最短でも三日後」と言っていた。

多少ゆっくりしたり、行った先や道中で予定にない何かがあった場合は遅れるよ、という意味だ。

何事も、予定通りに行かないことなんて、よくあることだ。

城からの使いも来ないし、何日か予定がずれたところで何も支障はない。

「わかった。もう何日か待つことにするよ」

「あれ？　もう行くの？」

ライラの声は聞こえないふりをして、俺はとっとと冒険者ギルドを出た。

冒険者ギルドには人が多かった。そしてにぎやかだった。やはり苦手な場所である。

ライラと一緒にいた人たちや、酔っぱらい、心の狭い中堅止まりの面倒なベテラン冒険者などに絡まれる前に離脱するのは、当然の選択である。

もうすぐ夜というこの時間は、ちょうど仕事に出ていた冒険者たちが帰ってくる時間帯らしい。ギルド内には人が多く、テーブルもカウンター席も完全に埋まっている。しかもライラは仲間と一緒にテーブルに着いていたようで、明らかに俺が長居できる状態ではなさそうだった。まあできたところでする気もなかったけど。

適当に夕食を買って、とっとと宿に戻ろう。

宿は食事も出ないし部屋は狭いしで、本当に寝るだけって感じだが、でも何気に風呂があることだけは嬉しいんだよね。早く帰ってひとっ風呂だ。


ゆっくり一晩身体を休め、一昨日《おととい》から昨日に続いて午前中は待機。城からの使いを待つ。

狩猟道具の手入れをしながら過ごし、誰も来ないことを確認して、午後から狩猟ギルドへ顔を出した。

「――あ、エ……エ、……えー……メガネ君。ご指名入ってるんだけど」

どうやら俺の名前を呼ぼうとして諦めたようだ。

絶対に名前を憶《おぼ》えていない狩猟ギルドの受付嬢が、顔を出した俺に声を掛けてきたのだ。

今日もばっちりやる気がなさそうだ。若い女性のはずだが、若さも覇気も感じないだらけきった態度である。まさに安心のやる気のなさと言えるだろう。

今後もぜひ俺の名前を憶えないでほしい。

ちなみに俺の名前はアルバト村のエイルである。忘れていい。

「ご指名って？」

獲物の価格は変動する。

簡単に言うと、不足している獲物は高く売れ、有り余っている獲物は安くなる。

俺が狩猟ギルドに顔を出したのは、今日の獲物の価格を確認するためだ。あの森にも慣れてきたので、もう少し奥へ行ってもいいかもしれない。

狩りは戦闘と一緒で、お金を稼ぐには効率を考えなければいけない。……っていつか師匠が言っていたっけ。

「最近、鳥を狩ってくれる若い狩人が来てるって話が広まっててね。ぜひその狩人に特定の獲物を狩ってくれるように頼めないか、って話」

ふうん。

「狩るだけでいいの？」

「もちろん。いつも通り持ってきてくれたらいいよ。メガネ君からしたら、一羽だけ普通に換金するより報酬がいいってだけだから」

　はあ、なるほど。

「何を狩ればいいの？」

「アンクル鳥《ちょう》」

　アンクル鳥。別名夜目鳥《やもくちょう》。夜行性の小さな鳥だ。肉はまずいので基本食用にはならないが、闇夜に紛れる羽が美しく、縁起物の飾り羽として需要がある。

「……夜か」

　今は、どうなんだろう。

「メガネ」がない頃の俺は、視力のせいもあり、夜の狩猟は得意じゃなかった。

　師匠と一緒に、大きめの獲物を追いかけたり追い込んだりはできたが、小さな鳥となると……ちょっと不安が残るなぁ。アンクル鳥も見たことはあるけど狙ったことは一度もないし。

　果たしてこの「メガネ」は、夜の視界も鮮明にくっきりはっきりしてくれるだろうか？

　……そうだな、試してみるのも悪くないか。

「狙ってみるよ。でも約束はできないよ」

「それでいいわ。ご指名だけど、結局納品の依頼だからね。アンクル鳥を持ってきてくれたらそれで充分」

　そうか。じゃあがんばってみようかな。

　夜行性の鳥だから、夜まで待たないとな。今日はゆっくり狩場へ向かうことにしよう。

いつもは走る道のりを、今日は歩いてみた。

川が近い、森の近く。

森に明確な出入り口なんてないので、ここ数日は自分の狩場として定めた場所を中心に展開し、近くの地形などを調査してきた。

だから、ここが俺にとっての、森の狩猟場の入り口である。

地面だのなんだのを見る限り、この辺はまったく人が来ない場所だ。とても俺好みである。

ゆっくり来たので、陽が傾いてきている。

来る途中で採ってきた食べられる野草と川に生息する魚を調達し、自前の干し肉とパンで早めの夕食にした。肉もいいけど魚もうまい。

食事を終えて、狩場を調査する。

野鳥が好む木の実の生《な》っている草木や、木に穿たれた穴や鳥の巣をチェックして回る。この辺の情報も、ここ数日で自分の足で調べたことである。

アンクル鳥は、森の奥が生息地となっている。

外敵となる動物や魔物が少ない夜になると、エサを求めて活動するのだ。昆虫とか木の実とかが主食だったはず。

警戒心が強いので、あまり近づきすぎるとすぐに察知されるだろう。中距離くらいで狙えればいいんだが。

確かおびき寄せることもできるって、師匠が言っていた。

周囲の木々が射線上を塞がない、孤立している樹木を選ぶ。枝に木の実を引っかけたりして撒《ま》き餌《え》をし、また川の近くまで戻ってきた。

ここらの狩場に変わったことがなかったのは確認できた。今日も狙えそうな鳥はいるが、血の臭いでアンクル鳥を遠ざけてしまうかもしれないので、今は諦めよう。

あとは、夜を待つばかりだ。


結論から言うと、夜の方が顕著だった。

「やっぱり見えるんだ」

いい、気がしただけかと思ったが、夜の方がよく見える。

木々が茂る森ってだけでも暗いのに、闇夜ともなればもっと暗い。灯《あか》りを持てば獲物に気づかれるので、夜目だけが頼りである。

師匠の夜目もすごかったが、それでも狩場には木々が少ない場所を選んでいた。わずかな星明かりであっても欲しかったんだろう。

でも、俺は……うん。見えるね。

鬱蒼とした森は非常に暗く、目の前がうっすら見える程度である。たぶん夜に目が慣れた人の肉眼くらいは、見えていると思う。

問題は、そう、アレだ。

暗い森の中、生物だけが「赤く光って見える」ってことだ。

気配を感じる方にじっと目を凝らせば、木々や枝葉をすり抜けて見ることもできる。居場所も体勢も状況もはっきり見える。

まさか俺は関係なく、なんか今だけなんらかの事情で動物が赤く光っているのではないか。

そんな可能性も考慮して「メガネ」を外せば見えなくなるので、やはりこれは「メガネ」の力なのだろう。

……あんまり頼りすぎるとよくないと思えるくらい、とんでもない能力だな。

これは画期的すぎる。

よくわからない「メガネの素養」が、この事象だけ取っても、大きな意味と価値を生むだろう。

面倒事や揉め事のタネになりそうなので絶対誰にも話せない。俺だけの秘密にしておこう。

それにしても、これっていわゆる「暗視」ってやつだよな。

…………

あ、そうだ。

そもそも俺は、「レンズの色を変える」ことができることを知ってるんだよな。

そう、暗くして「夜」にすることができる。そして太陽を見ることができた。眩しかったけど。

じゃあ、逆は？

「たとえば『昼』にしたいと思えば――あ、なるのか」

レンズが発光している、というわけでもないみたいだが。

暗い視界が、うっすらしか見えなかった森の中が、そこそこはっきりと見えるようになった。

うーん。

この上なく便利。絶対秘密にしておこう。


アンクル鳥の狩猟に成功した翌日のことだ。

夜の狩りとなったので、王都に帰ってきたのは深夜である。

狩猟ギルドに顔を出し、時間の都合でお金は扱えないとは言われたものの無事アンクル鳥の納品を済ませ、寝て起きたら朝だった。

昨日の夜は入れなかったので、用意してもらった水風呂で身体を洗い、近くの食堂で朝飯を済ませ、今日も午前中は宿で待機である。

今日も狩りに出るつもりだが、その前に狩猟ギルドとジョセフの店に行きたい。

ギルドでは、昨晩納品した獲物のお金を受け取るのと換金レートの確認。

ジョセフの店では、矢を購入したい。

たとえ「メガネの力」で非常に獲物が狙いやすくなったとしても、それは俺の弓の腕には関係ない。

あくまでも、弓を扱うのは俺自身だから。

慣れない弓。

慣れない闇夜の狩り。

小さな鳥という獲物と。

不安要素が重なった結果、五本ほど矢を無駄撃ちして失《な》くしてしまった。

ほかの狩人はどうだか知らないが、俺は師匠から「荷物になるから矢の本数は狙う獲物に合わせろ」と教わった。

隠れて行動している時などは、矢同士がぶつかる音や荷物が何かに当たる音も、獲物に気づかれる要因となってしまうから。

だから、一般的な動物や鳥を狙うくらいであれば、十五本しか持っていかない。

魔物を狩るでもなく、獲物の数を稼ぐでもなく、ただの狩りだから。

そして欲を出して深追いしないという自制でもある。矢がなくなれば必然的に狩りも中断せざるを得ないのだから。

そんな矢を、五本も失った。

はっきり言って、師匠に殴られるレベルの大失態である。だから言わないでおこうと思う。昨日の夜のことは誰にも話さない俺だけの思い出。

今日も、午後からの狩りの準備をしながら、城からの使いを待ち――

「――アルバト村のエイル、王命を預かってきた」

数日待っていた城の使いが、今日は来た。

朝と昼の中間くらいだろうか。

部屋までやってきたのは、馬車で同道した若い兵士のお兄さんたちである。狭い部屋なせいか、部屋の中までは入ってくる気はないようだ。

「はい、じゃあ、行きましょうか」

毎日城へ出かける準備だけはしていた。

正直玉座にふんぞり返っているどうでもいいジジイ的な奴の命令がなんなんだって気はしないでもないが、表立って権力に逆らっていいことなどないので従っておく。だって田舎者は王様なんて見たこともないから。本当にいるのかって気さえしているし。

「いや、来なくていい」

え？　あれ？　いいの？

「『おまえのメガネを二十三個納めろ』とのお達しだ。至急『メガネ』を納めるように。なお、謝礼はあるので仕事と受け取ってくれて構わない。以上だ」

……あ、はい。

「つまり外注ってやつですね」

「献上品と言え。王命だぞ」

とは言われても、半端な個数での要求からして、間違いないだろう。

お偉いさん方の中でメガネが欲しい人を募った結果、二十三個の注文が入ったって感じだろう。

そしてそういう形式で注文が来るということは、俺はお城には必要ない人材だと判断されたということだ。

「メガネ」だけ置いて村に帰っていいよと。

そういう意味だろう。

まあ、なんだね。

城に仕えろと言われても断る気ではあったけども。

王命で王都まで連れてきたくせに「いらないから帰っていいよ」と言われた俺の気持ちはどうしてくれるんだって話だよね。顔も知らないジジイが軽い気持ちで命令しているとしか思えないよね。

……なんて思っていても始まらないか。

「俺の魔力の都合で、『メガネ』は一日二個しか作れないんです。だから二十三個も用意するには時間が掛かりますけど」

「何、そうなのか」

一応、何もしなくても回復する分の魔力が無駄になるかも、と考えて一日一個は予備として「メガネ」を作り、背負い袋に突っ込んではいるが。

それでも注文の個数にはまだまだ全然足りない。

「一応今ある分だけ渡しておきますね。あとは後日ってことになります」

「……わかった。では五日後にまた訪ねてくるので、それまでに十個は用意しておくように。それと五日分の宿代は払っておく。これは食費だ」

「あ、ども」

決して多くはないシケた額のお金を受け取り、代わりに作り置きの『メガネ』を三つ渡すと、兵士たちは引き上げていった。

「よっ。来たよ」

兵士たちが帰ってすぐに、別の客もやってきた。

「お帰りはあちらです」

「なんでだよ。なんで開口一番それが出るんだよ」

王都で有名な冒険者チーム「夜明けの黒鳥」の一員、赤毛の少女ライラである。

おかしいな。

友達でもないし、知り合いと言うのも怪しい、ただの顔見知り程度の関係のはずなのにな。関わってくる理由がわからないな。

「冒険に誘いに来たよ」

「お帰りはあちらです」

「なんでだよ！　話くらい聞けよ！」

絶対に部屋に入れることは死守したかったのだが、ライラは強かった。

俺の意思など関係ないとばかりに俺を押しのけ、すたすたと狭い部屋に踏み込んだ。

これが冒険者の押しの強さというやつか。ところで不法侵入ということで兵士を呼んでもいいんだろうか？　連れてってくれるかな？

「聞いたよ。最近狩りやってるんだって？」

「それより昼食べに行かない？　大葱と青鴨のスープパスタとかオススメだよ」

「会話の受け答えが最初からおかしい！　というかそれはこの国の名物だ、もう食べたよ！　……あ、待って！　もしかして会計押し付けて逃げる気だった!?」

うーん……あんまり頭は良くなさそうだけど、勘は鋭いな。

グイグイ来るライラは、すでにベッドに座っている。ドアを閉めると密室に二人きりになるので、なんかあったら怖いから開けておくことにする。ちょっとアレなことを言い出したら大声を出して宿の人に兵士を呼んでもらおう。被害者ヅラして訴えよう。

「そんなに早く帰ってほしいなら、ゴネないで話くらいしたら？　その方がよっぽど早いと思うんだけど」

話の前に、それにさえ付き合う理由がないって話なんだけど。

……でも、強引に部屋に踏み込んでくるような強引な奴だし、確かにその方が早いことは早いのかな。

「仕方ないな……何？　冒険？　俺冒険者じゃないから行かないよ」

諦めて会話を始めると、ライラは嬉しそうに笑った。俺は嬉しくないですけど。

「知ってるよ。狩猟ギルドに登録したんでしょ？　というか、狩猟ギルドなんてあったんだね。初めて聞いた」

なぜ俺の事情を知っているかを問いただすまでもなく、ライラはぺらぺらしゃべり出した。

単純に、目撃情報があったからだ。

毎日狩場に行く俺と、それなりの獲物を携えて帰る俺と。

そういえば、森では誰にも会わなかったが、道中では何人かの冒険者とすれ違ったりした。目撃情報とは彼らからだろう。

特に「メガネを掛けた冒険者」というのは王都では珍しいようで、冒険者界隈でちょっとした噂になったらしい。

昼過ぎに森に行って、夕方には仕留めた動物を引っ提げて帰る凄腕の狩人がいる、と。

あの短時間であれだけ狩れるなんて信じられない、と。

凄腕なんてとんでもない。ただ単に「メガネ」のおかげである。

で、それぞれが持つ目撃情報を集めていくと、「狩猟ギルドに出入りしているメガネの狩人がいる」という事実にたどり着き――そして俺に繋がったと。

「安定して獲物を狩れる。つまり弓の腕はいい。充分冒険者としてやっていけると思うけど」

「その気がないから狩猟ギルドに登録したんだよ」

「だろうね。付き合いが浅いあたしでさえ、メガネが仲間と一緒に何かするってタイプには思えないもん」

わかっているなら話は早い。

「お帰りはあちらです」

「まだ話は終わってない」

俺の中では完全に終わってるんだけどなぁ……

つまりアレだ。

「自主的な訓練も兼ねて魔物狩りの仕事がしたい。でも同じチームの連中と自分とでは実力差がありすぎて誘うのは気が引ける。よって一緒に冒険に出る人を探していると」

俺の部屋に居座るライラの話をまとめると、そういう感じみたいだ。

まあ、納得はできるけど。

気配からしてライラは弱い。

率直に言えば、まだ「魔法が使えるだけのただの人」なんだろう。

これからいろんな経験を積み、訓練し、強くなる……のを見込まれて、チームの一員に歓迎されたんだろうから。

「二人で行くの？」

「そこが悩みどころよね」

あ、ほかに決まっている人はいないと。

「あんた弓使うんでしょ？　つまり接近戦はしないんでしょ？　あたしも同じタイプだから、前で戦ってくれる人がいないと不安よね」

俺は、すでに俺が一緒に行くことを了承しているかのように話しているライラが不安だけど。

正直まったく行きたくない。

事情を聞いても魅力を感じない。

人助けだのなんだのと、人道的な理由や道徳的な理由があるならまだ考えるかもしれないけど、この話じゃ乗り気にはならないかな。

そもそも訓練は基本的に一人でやるものだと思う。

「どう思う?」

「お帰りはあちらです」

「もう一人くらいほしいよね?」

「お帰りはあちらです」

「ロロベルさんとかいると頼もしいけど、あの人は二ツ星だからなぁ。あたしら無星には付き合わないだろうしなぁ」

「お帰りはあちらなんですけどね」

「それはもう聞き飽きた。もっと違う言葉で追い出してよ」

うーんそうかー。飽きたかー。

でも俺の中では、ライラは言葉を選ぶほど気を遣う相手じゃないからなぁ。

「じゃあ『夜明けの黒鳥』のリーダーに正式に抗議しよう。おたくのメンバーが押しかけてきて迷惑してるって」

「おいちょっと! や、やめなさいよほんとに!」

「じゃあ冒険者ギルドに抗議しよう。おたくのメンバーが強引に部屋に押しかけてきて、強引に二人きりになろうとして、強引にいつ襲われるか怖くて怖くて不安で泣きそうになったと。今すぐに」

「そんな平然とした顔のどこに不安で泣きそうな要素があるのよ！　……いや待って!?　この場合はむしろあたしの方が襲われる側っていうか、弱い立場になんない!?」

「違う言葉で追い出そうかと」

「限度があるでしょ！　冗談じゃ済まない内容じゃない！」

別に冗談で済まなくても俺は一向に構わないんだけど。

「最初に言った通り、俺は冒険者じゃないからさ。だから狩猟ギルドに登録したんだ。冒険したいならこっちに構わず冒険者同士でやってほしいんだよね」

「……どうしてもイヤ？」

「今のところ、何一つ一緒に行きたい理由がないからね。どうしても俺と行きたいなら、俺が動きたくなるような理由が欲しいな。

もう一度言うけど、俺は冒険者じゃないからね。冒険者の常識とか通用しないからね」

そして、そもそもだ。

「なんで俺なの？　ほかにいるんじゃない？　ギルドには毎日何十人も出入りしてるでしょ？　無星の初心者くらいいくらでもいるでしょ？　そいつら誘ってみれば？」

「ダメなのよ」

「チームの意向？　ほかの奴と組んじゃダメって決まりでもあるの？　あ、だとしたら俺もダメになるか」

「――魔術師は狙われるのよ」

……ん？


ライラの言葉は、言葉通りの意味だ。

魔術師の需要は高い。

ここ王都の冒険者ギルドにも数名しか登録しておらず、全員がどこかのチームに所属している。

そしてそんな魔術師は、いろんなチームから誘いを受けるそうだ。

うちのチームに来たら優遇する、報酬の分け前を増やす、受ける仕事を選ぶ権利を与える等々。

多彩にしてたくさんの甘いお菓子を用意してくれるらしい。

そこに、初心者の魔術師ライラが王都の冒険者ギルドへやってきた。

弱っちいただの小娘なら、どうとでもできる――なんて考える奴が、かなり強引に迫ってくるらしい。

王都ならまだしも、外敵がいる冒険先で面倒な奴に絡まれたり狙われたりしたら、たまったものじゃない。

だからライラは、同じチームの人を誘わない場合は、同行する者を慎重に選ぶようにしているのだとか。

で、今回目を付けたのは、俺だと。

「じゃあ答えは出てるよね」

「え？」

「同じチームの連中に、一緒に来るよう頼みなよ。ただでさえ危ない場所に行くんだから、信用できる人と一緒に行くのが一番だよ」

俺だって狩場に知らない奴と行くのは嫌だ。そいつの失敗でどんな危険な目に遭うかわからない。と同時に、俺だって同行している奴に迷惑を掛けたくない。

そういう意味では、俺は師匠にいっぱい迷惑を掛けたとも思う。実際ベッドに伏せるほどの怪我もしたしな。師匠の内に生まれし悪意のガスで事故に遭ったりもしたし。

師弟関係だから許せたことも多いのに、相手が他人だと思ったら堪《たま》ったものじゃない。俺は迷惑を掛けたくないし、掛けられたくもないのだ。狩場では些細なことさえ命に関わる。俺も他人のせいで死にたくないし、他人の命の責任も持てない。

「……悪いでしょ！」

あ、なんかライラがいきなり怒り出した。

「報酬も安いしできることも少ない足手まといの面倒なんて、星付きしかいないチームの人には頼みづらいの！　それ以外の人を探そうにもなかなかいないの！　これだ、って人を見つけたところで、だいたいそういう人はすでに誰かと組んでるの！　手ごろな人がいないの！」

お、おう。……うん。そう。

一応色々考えた上で俺に声を掛けたってのはよく伝わった。

……冒険か。魔物狩りか。

「ちなみに何を狙うつもりなの？」

魔物は強い。

狩猟と似ているけど、あくまでも似ているだけだ。だいたいの動物は向かってこないし、攻撃を仕掛けてもこない。似てはいるけど根本的に違うのだ。

「最近、南の森に赤熊《あかぐま》が出るんだって。それを狙いたい」

赤熊か。あれも強いよなぁ。

……そうか、赤熊か。

よし。

「報酬と換金した総額の八割は俺が貰う。この条件なら構わない」

そろそろ鳥以外を狙いたいとは思っていたし、赤熊なら雉三十羽くらいの価値がある。お金を稼ぐという俺の目的には添っている。

「八割って……貰いすぎじゃない？」

「お帰りはあちらです」

「……わかったよ！　その代わり、足手まといになったら報酬から引いてくからね！」

第五話　メガネ君、魔物を狩り数字の謎を解く

話が決まり、ライラがベッドから立ち上がる――と同時に、俺は一つだけ気になっていたことを問う。

「俺は冒険者ギルドに行かなくていいよね？　依頼受けるのとかやってくれる？」

俺はあそこにはもう行きたくない。絡まれるし。見られるし。

話を受けた以上は、ダメなら行かなきゃいけないわけだけど、できる限り遠慮したい。その辺が気になる。魔物討伐に金銭が絡むなら、これはもう仕事だし、仕事と言うならちゃんとしないと。

「え？　……ああ」

ライラは少し考えて、少し首を傾《かし》げた。

「一応、依頼を受注する時は、参加メンバーを書かなきゃいけない決まりがあるのよ。冒険者ギルドに登録している人なら、名前か登録番号を書くんだけどね」

なるほど。冒険先で事故だのなんだのので問題が起こった時の対処のためか。

最悪のケースとして、誰も帰ってこなかった場合とか、出発の際の記入が足跡になるから。明ら

かに出先に脅威が潜んでいる、と知らせる意味も出てくる。もしくは救助を出したりもするのかな。

どんな理由であれ損はないやり方だ。さすが都会。うまいことやってるなぁ。

「メガネの場合はどうなんだろう。冒険者ギルドと狩猟ギルドで何かしらの関係とかあるのかな」

ああ、そう。聞いといてよかった。

「じゃあ俺の名前は書かないでおいてよ」

あんまり名前が売れるのもよくなさそうだ。

狩りの戦果も噂になっているみたいだし、部屋まで押しかけてきて冒険に誘われるとか、もうイラだけでお腹《なか》いっぱいだ。俺はひっそりと一人でいる方が気が楽だ。

「俺が勝手に付いていくって形なら、別に問題ないでしょ。もし誰かに何か聞かれたら、同行者はいるけど冒険者じゃないからって言えばいいよ」

「うーん……まあ、実際そうだからねぇ」

うん。実際そうだしね。

「ところでメガネ」

ん？

「あんたの名前なんだっけ？」

「メガネでいいよ」

そういえば名乗ってないな、と思いながらも、俺は適当に答えていた。広まると面倒事が飛んできそうだから、極力名乗らないようにしとこっと。

出発は翌日の朝早く。

まだ空が暗い内に、冒険者ギルドの前で落ち合おう。

そう約束して、午後は狩りには出ず、赤熊に対処するための準備を整えた。

軽い木の矢ではなく、鉄の矢を持っていくことにする。

これなら赤熊の分厚い毛皮を貫ける。……まあ、新しい弓はまだ練習不足なので、近距離でしかピンポイントで狙えないとは思うが。

薬草や薬品を少々買い足して、赤熊を解体した後に詰める袋も用意した。

早々に準備を終えて、明日に備えて早めに寝て。

翌日、約束の時間にライラと合流した。

まだ空も暗いので、さすがに冒険者ギルドへ出入りする者は非常に少ない。俺にとってはいい時間だ。

「受注してきた。行こっか」

今日のライラは冒険者らしく、俺と同じように赤熊討伐の準備をしてきている。要所要所を堅い革で補強したスカート型のワンピースに、ショートソードを吊っていた。これが彼女の武装した姿なのだろう。……まあそれでも、普通の村人って印象は、なくならないなぁ。

こうして、俺たちは南の森へ向かう。

で、だ。

確認しておきたいことがいくつかある。

「剣使えるの？」

「バカにしないでよ。こう見えても基本だけは…………ごめん。やっぱあんま自信ない」

だろうね。

「魔術が使えない時に備えて一応護身用に持ってろとは言われたけど、全然訓練不足だし、まだ何も斬ったことないし……」

うん、知ってる。丸出し。なんというか、不慣れで重そうだもんね。

「魔術師なんだよね？　俺、魔法って見たことないんだけど、どんなことができるの？」

剣がお飾りレベルだということは聞き出したので、本題だ。

腰の得物が使えない以上、ライラの攻撃手段は魔法ということになる。果たしてどんなことができるのか、どのくらいの戦力と考えればいいのか、実戦に入る前に聞いておきたい。

「あたし、まだ二つしか使えないんだけど」

そう前置きして、ライラは言った。

まず、「火炎球」。

火の玉を発射して、当たったら爆発するという代物だ。俺も名前くらいは知っている有名なものだ。見たことはないけど。

次に、「風空斬」。

風の刃《やいば》を発生させて飛ばすという魔法で、簡単に言えば「見えない刃を飛ばして斬る」というものらしい。こっちもうっすら聞いたことがある。見たことはない。

「きっと赤熊と戦う場所は森になるから、火は危ないね」

「あー……そうね。火事とか怖いしね」

となると、「風空斬」がメインの武器になる、と。

「その『風空斬』ってどれくらい斬れる？　赤熊の首とか飛ばせる？」

「試したことないからわからないけど、――ああ、あのくらいの木なら切断できるわ」

と、道中に見つけた木を指差す。

……ほっそいなぁ。

首どころか四肢を落とすのも無理そうだなぁ。

なんか得意げな顔してるから、「へーすごいね」とは言っておいたが。なぜかムッとしてたけど。

魔物とは得てして巨体が多く、これから狩る赤熊も例外ではない。

大きいものなら、立ち上がれば俺の倍くらいはあるだろう。もちろん横幅も大きいし、その巨体を維持する筋肉や骨も滅法堅い。

毛皮もかなり分厚く、下手な剣では傷もつけられない。

ちなみに、俺も昨日狩猟ギルドで調べてみたが。

赤熊は、冒険者からしたら無星から一ツ星に上がる昇段試験になることが多い魔物であるらしい。

都会では、それくらいの強さだと認識されているようだ。

でも、魔物としては弱い方なんだよなぁ。巨体にしては魔核も小さいし、魔核による強化状態もあまり強くないし。

「言っとくけどね！　すごい人は大木だろうが岩だろうが真っ二つにできるんだからね！」

「へーそりゃすごい」と言ったら尻を蹴られた。女心って難しい。


朝陽が昇り、すっかり夜が明けた頃、俺たちは南の森に到着した。

ここら一帯は俺が狩場にしていた場所でもあるので、知らない場所ではない。

ただ、赤熊がいる場所は、行ったことがないくらい森の深いところだとは思うが。

道すがら聞いた話では、ライラは何度もこの森に来ているし、赤熊の目撃情報からどの辺にいそうか、というのも予想をつけていた。

「こっち」

ライラの先導に添って森を歩く。

道はないが、きっと冒険者が何度もここを通ったのだろうという獣道のようなものができており、ライラは躊躇なくそれを追っている。

新旧バラバラないくつかの焚火の跡を素通りし、俺にはまだ未調査である森の奥へと進む。

……ふうん。やっぱりいい森だな。

緑の濃い匂い、花の匂い、熟《う》れて落ちたのだろう果実の匂い、そして獣の匂い。

ここには生命が満ちている。

「――この辺らしいんだけど」

森に入ってしばらく歩き、ライラが目指していた場所にたどり着いたようだ。古い焚火の跡がある。

いくつか素通りしてきたが、もしかしたらこういう焚火の跡が、冒険者たちの目印になっているのかもしれない。

地図なんかに記載しておくと、情報の共有とかしやすくなるんだろう。

さて、ここを拠点に赤熊を探すことになるが、その前にだ。

「一応確認するけど、『臭気袋』は持ってきたよね？」

「もちろん。さすがにないと二人では来られないわよ」

よかった。ライラは心配になるほど素人っぽいが、さすがに基本は踏まえてきてたか。

赤熊は強い。

魔物としては弱いが、熊は熊である。弱いわけがない。

無星から一ツ星に上がる昇段試験に選ばれるくらいには強く、新人冒険者では歯が立たないだろう。というか戦いにもならないと思う。

そんな魔物だが、一番大事な要素として、赤熊は鼻が非常にいいというのが上げられる。

だから「熊除《よ》け草」という赤熊が嫌がる臭いを発する薬草の煎じ粉が売っていて、だいたいこれを投げつければ相手は逃げるのだ。

基本的には小袋に詰め、口を広げて投げつけることになる。これが「臭気袋」である。

自分の身体に擦り付けても効果があるが、単純に臭いのでお勧めはできない。いつだったか、姉がモロに浴びて激しく悶絶していたっけ。不用意に嗅ぐとああなるのだ。

俺なんかは、臭いに敏感な動物を追う時は上着に塗ったりして人間の臭いを消す、みたいな使い方を師匠に習ったけど。

でも率先してやりたくはない。臭いから。

「臭気袋」はもしもの時の備えで、これが非常に有効だから、ライラも訓練の相手として赤熊を選んだのだろう。

「じゃあ探そうか」

緊急事態に対応する手段を持っていることを確認し、俺たちは手分けして赤熊の痕跡を探し始めた。


ライラと手分けして捜索を開始し、いくつかの手掛かりを見つけた。

折れている草。

これは、何者かが通った跡である。大きさからして人より横幅は大きく、かなり重い。そう、熊みたいな巨大な何かが通った痕跡だ。

かすかに地面に残る、えぐれた四本線。

これは足跡だ。爪を持つ四足歩行の獣が歩いた痕跡だ。

そして、まだ乾いていない血の跡。

何者かが動物を食べたのだろう。捕食者の食事した痕跡だ。反対に人の痕跡はないので、人間が何かを狩った、という可能性は低いだろう。

まだ赤熊かどうかは断定できないが、熊っぽいのがいたのは間違いなさそうである。

――というか、間違いないと思う。勘だけど。

「これだろうね。追いかけようか」

ライラが頷く。実戦が近いと察し、いよいよ緊張感が増してきたようだ。まだ硬くなるには早いと思うけど。

ここからは俺が先導することにしよう。

気配を絶ち、手がかりを追いかけながら更に森の奥へと向かう。まあ俺は気配を消しているけど、ライラが大胆すぎるほど丸出しなので、どの程度有効なのかは謎だが。

しばらく進むと、それらしい獣の気配を感じるようになった。

ゆっくりどこかへ移動している最中のようだ。

「物音に気を付けて」

遠目でもいいから、目視できるところまで距離を詰めたい。

狙う獲物に間違いがないか確認してから動かないと、まさかの標的ミスで本命に逃げられかねない。

今のところ、普通の熊という可能性もある。

赤熊に違いないとは思うが、狩りには慎重さも必要だ。むしろ仕掛ける直前は、可能な限り慎重になるべきだ。

それこそ、大胆に気配丸出しのライラがいなければ、確実に狙える距離まで近づくんだが。

でも今回は、彼女の訓練が優先だ。

「いた？」

「これから確認する」

細心の注意を払って慎重に歩を進めると――見えた。

土埃にぼやける赤い毛皮をまとう、人より大きな生物。俺たちの潜む方向から遠のくように歩いているので後ろ向きだ。こちらには気づいていない。

赤熊だ。

ちらっと見えた。

これ以上の接近は、人間の臭いやライラの大胆に丸出しの気配で悟られる可能性があるので控えよう。

「ライラ」

俺は赤熊の視界から外れるように木陰に隠れ、ライラの腕をひっぱり引き込む。

「標的を見つけた」

「う、うん、……ち、近くない？」

木の陰に隠れているので、確かに密着状態である。

でも今それを気にする状況じゃないと思う。今下手を打てば数秒で襲われ死ねる状況で、近いだなんだ気にしてられない。そういうところが未熟なんだって話だろうに。

ライラの主張より命が大事なので、構わず続ける。

「捜索を開始した焚火の跡まで戻って」

「え？」

「ここはちょっと木々が密集してるから。飛び道具は使いづらい」

多少は開けた場所じゃないと、戦う環境には適さない。

でもあんまり開けすぎていると遮蔽物がなくなるので、これまた適さない。真正面からぶつかり合うには相手が悪い。そういう狩りは俺にはできないし。

でも、一撃で仕留められるならまだしも、弓で赤熊を仕留めるなら正面から仕掛けないと、急所が狙えない。必ず一度は真っ向勝負をすることになるんだけど。

「あそこの焚火の跡まで戻って、木の上で待ってて。俺が赤熊を引っ張っていくから」

そこまで言えば、ライラにもやるべきことがわかったようだ。

「連れてきた赤熊を、あたしは上から狙うのね？」

そういうことだ。

俺が頷くと、ライラは「わかった」と言い残して素早く来た道を戻っていった。動きは悪くないなぁ。朝から歩き詰めなのに、息切れもしないくらい体力もあるみたいだし。

あとは、やっぱり経験かな。

それも実戦経験が欲しいんだろうな。

まあ、それは今後個人的にがんばってもらればいいけど。

――さて。

ライラの気配が遠ざかるまで待ち、俺は弓を構えた。

獲物をいたぶるのは好きじゃないが、今回は狩りではなくライラの訓練だ。できる限り要望には応えないとな。

すぐに撃てるよう木の矢を番え、弦は引かずに移動する。

再び視界の中に赤熊を捉えると、一瞬の躊躇もなく木陰から身をさらけ出し弓を引き――躊躇してもう一度木陰に隠れた。

「……？」

赤熊が振り返った気配がする。フンフンと鼻を鳴らしている。まずい。このままだとたぶんバレるな。先制は失敗か。

いや、それよりだ。

「あの数字は……」

また、あの数字が見えた。

忘れていたわけじゃないが、金髪おかっぱと会って以来見ることがなかった頭上の数字が、赤熊に見えた。

ロロベルの頭の上に出ていた数字と、同じやつだ。

今度は「11」だった。

「……『5』？」

もう一度確認するために、そろそろと片目だけ出して覗いてみると——今度は「5」になっていた。

「ゴオアアアアアアアア!!」

しかも目が合った。バレた。

身をすくませるような重量級の重い咆哮《ほうこう》を上げ、赤熊が俺目掛けて走り出す。と同時に俺も走り出していた。

木々を縫うようにジグザグに逃げる。

直線なら赤熊の方が速いので、まっすぐ走らせるわけにはいかない。

「よっ」

時折り追いつかれて前足の爪を振るわれるが、それは避《よ》ける。

避けるついでに振り返り、六割ほど引いた弓で素早く牽制の矢を飛ばす。……あー、やっぱ木の矢じゃ深く刺さんないな。

まあ、ダメージは期待してない。

ちょっとチクッとして怒らせて追わせるのが目的だ。

ちなみに数字は「3」になっていた。まるで死刑宣告のカウントダウンのようだ。減るのはあんまり嬉しくないな。

二度三度と木の矢で攻撃を加え、赤熊に考えたり警戒させたりする間を与えず、ライラが待つ焚火の跡まで連れてくることに成功した。

「ライラ！」

来たことを告げるように声を上げ、俺は少し開けた場に走り込み――

「――『風空斬』！」

どこぞの木の上から、見えない刃が飛んだ。

俺から数瞬遅れてやってきた赤熊の首を、正確にざくっと捉えていた。


「……グゥゥゥ……！」

だが、無視である。

赤熊はうなり声を上げ、魔法が直撃する瞬間を見るために立ち止まった俺を睨んでいる。

今間違いなく斬られたはずの首など気にせず。なんなら何か飛ばしてきたライラの方を警戒することもなく。

無傷、だな。

完全に無傷だな、これ。

ほっそい木しか斬れないって聞いた時からなんか予想はしていたけど。

ライラの魔法は、赤熊には効果がなかった。強いて言うなら赤毛がばさっと切れただけだ。髪切るのに失敗したみたいに。

……なんというか、うん、そうだね。

訓練以前の問題だね。実戦はまだ早いんじゃないですかね。実戦経験よりまだ自主訓練の段階じゃないですかね。

「『風空斬』！　『風空斬』！　はあはあ、『風空斬』！　うおおおおぉぉぉ！　『風！　空！　斬んんんん』！」

これが魔法の威力か。びっくりだね。

俺が赤熊と対峙し、避けたり矢を放ったりして足止めしている間に、ライラが怒濤《どとう》の魔法攻撃を繰り出す。

もちろん、効果はない。

赤熊は振り向きもしない。振り返ってやってくれよ。本人きっと必死だよ。気を遣って。気にしてやって。無視はやめてあげて。

不毛な散髪が続くだけということの状況に、いよいよ俺が痺れを切らしてきた。

忍耐力はそこそこあるつもりだが、一発貰えば死ぬような危険に身をさらして無駄な時間稼ぎの囮《おとり》をやっている自分が、異様なバカに思えてきたのだ。

ダメージがあるならいい。

魔法による攻撃の何発かに有効打が出ていれば、出血多量で弱らせることくらいできるだろう。

致命傷は与えられないにしても、それも積み重ねることで脅威になる。

だが、積み重ねるものがないのでは、なんの意味もない。

果たして安全地帯から魔法を乱打するのと、訓練で動かない的に向かって練習するのと、何が違うというのか。実戦である必要がないだろ、これじゃ。

「おーいライラー」

赤熊の相手をしながら、ライラがいるだろう場所に向かって声を上げる。

「な、な、なによ！　これでも一生懸命やってるわよ！　次見てなさいよ！」

いやいや、もういいですよ。もうわかりましたよ。

「もう俺が仕留めていいよね？」

というか、許可がなくてももうやっちゃうけど。

俺は腰に下げている矢筒から木の矢を捨て、鉄の矢だけ残した。

ここから先は牽制じゃない、仕留めるための攻撃だ。

「――あれ？」

鉄の矢を構えると、赤熊の頭上の数字が変わった。

これまでずっと「3」だったのに、今は「96」になっている。

…………

これってまさか――

数字のことは気になるが、まずは赤熊を仕留めてからだ。

俺の予想が当たっていれば、ここから数字は高くなっていくはず。

矢を番え、弦を引く。

――一つ、攻め手封じ。

「グオオァァ!!」

上体を起こして身体ごと振り下ろす、体重を乗せた右手の一撃。

振り上げ、俺目掛けて振り下ろされると同時に、矢が走る。

「グギャァォ!?」

矢は寸分違わず狙い通りに点を捉え、迫る右前足のてのひらを撃ち抜いた。

――二つ、足止め。

痛みに攻撃を中断した赤熊を目前に、二本目の矢を構える。

狙いは、バランス悪く立ち上がったままの左後ろ足の膝。

「グゥゥ!?」

――三つ、……は、まあ、いらないか。

膝を貫かれ、足から崩れるように倒れる赤熊。高いところにあった頭が必然的に下がる。

俺と赤熊の距離はない。

手を伸ばせば鼻に触れられるという零距離で、俺はすでに三本目の矢を構えている。

怒り、動揺、そして恐怖。

俺と同じ視点の高さで合わせた赤熊の目は、一瞬で感情が移り変わる。

己の死を予期して。

自分が負けたことを悟った瞬間、鉄の矢は赤熊の右目から頭部を貫通した。

「……よし、終わりっと」

三本目の矢を撃ったところで、頭上の数字は「１００」になっていた。

そして、ゆっくりと身を横たえる赤熊から、数字が消え失せた。

あの数字は、たぶん、勝率だと思う。

どういう計算で割り出された数値かはわからないが、たぶんそうだと思う。

木の矢を構えた時、見つかった時、向かい合った時の数字の変化。

赤熊の動向で数字が変動した理由も、そう考えると説明がつく。

これまでロロベルにしか見えなかったのは、ここ数日、俺が敵と見なして警戒した相手が彼女以外いなかったからだ。

ロロベルは強い。

初対面から、俺より強いと判断していた。

だから俺は警戒し、勝てるかどうか推し量った。

そんな時に数字が見えた。

最初、俺の隣に座った時、数字は「52」だった。

あの数字は、きっと「不意打ちを仕掛けて勝てる確率」だろう。

逆に言うと、不意打ちしても五割は勝てない相手、となる。俺の勘もそれくらいだと判断する。

ロロベルには、不意打ちからの戦闘でも、勝てる気がしないから。

しかもあの時の彼女は、警戒らしい警戒もしてなかったと思う。それでも勝率五割。まともにやれば俺では勝てない相手だ。

次は、俺の部屋に来た時だ。

ライラと並んでベッドに座るロロベルの数字は「31」だったかな。

単純に、俺と向かい合っていたからだ。

隣にいる時より勝率が下がるのは、単純に目の前にいたからだろう。変な動きをすればバレバレだから。

そして最後に、メガネを渡した瞬間。

数字は「74」まで跳ね上がった。

普通に考えて「メガネ」を貰って喜ぶと同時に、俺から注意が逸《そ》れて油断したのだろう。

そう考えると、筋は通る。

——何せ、そう意識して木から降りてきたライラを見れば、頭上に「99」という数字が見えるのだから。

うん。

ライラなら、どんな状態でも勝てる自信がある。

「敵じゃない」と認識している対象には働かないようだが、意識すれば生き物は全部見えるかもしれない。

「……あ、あのさ！　あたし『火炎球』が得意だからさ！　これがあたしの実力って思われると、なんというか、アレっていう感じなんだけどさ！」

ライラがなんか言い出した。

数字のことはもう少し色々試してみるってことで、今は置いておこう。

「うん、わかった。じゃあさばくの手伝って」

「いやなんか言えよ！　感想を！」

別に感想なんてないんだけど。

「魔法が使えてすごいね」

「言葉だけ聞くとすごいイヤミだけどその感情のこもってなさは適当に言ってるよね!?」

「毛皮がもったいないなぁ」

「聞け！　興味持って！　もうイヤミでもいいから言って！」

赤熊の毛皮は、よく洗ってなめして柔軟剤で仕上げると、刃も通さなかった剛毛が赤ちゃんの肌にも優しいってくらいにふわあっと仕上がるのだ。一番価値がある部位と言える。

こんなに無駄に無意味に無作為に毛を刈られてしまうと、絶対に毛皮の換金額は下がるだろう。もったいない。

「それにしても、メガネってこんなに強かったんだね」

別に強くはないと思う。

今回の赤熊討伐だって、何度か狩ったことがある魔物だから同行した。勝てる相手に勝っただけに過ぎない。

更に言うことがあるとすれば、単純にライラが弱いんだ。

「ねえ、なんで手から狙ったの？　それから足で、頭でしょ？　最初に頭を狙ってもよかったんじゃないの？」

あれは「数え撃ち」という師匠に教えてもらったやり方だ。

弓を使う際にもっとも邪魔になる感情は、「迷い」だ。迷えば的を外すから。

たとえば、獲物に対して違う場所を狙っていたのに、一瞬だけ一撃で仕留められる急所を狙える状態になった時とか。

そんな時に迷えば、どちらも当てられないという結果になる。

それを防ぐために考えた、というのが「数え撃ち」。

攻撃、機動、弱体、急所の順で、獲物の行動を縛っていくのだ。

どんなに急所が狙えても、ほかの有効な点を狙えても、一切迷わずその順番を守って射貫《いぬ》いていく、というやり方である。

さっきの赤熊も、その順番で縛っていったが……さすがに目の前に急所が来てしまったら、弱体は必要ない。ちなみに弱体で狙う部位は、赤熊なら射貫いていない方の後ろ足である。

一番初めに急所を狙わなかったのは、万全の状態では避けられることも多いからだ。

まあ、弓を使わないライラに話してもピンと来ないだろうから、話さないけど。

「……あのさ、こういう結果にはなったけどさ、あたし来てよかったわ」

解体用ナイフを取り出してさばき始めた俺の後ろで、ライラがなんか言っている。

「ほら、同じチームの人とかさ、かなり強くてさ。赤熊なんて剣一振りで仕留めちゃうのよ。それより強いとされている魔物なんかも簡単に倒しちゃってさ。

おかげであたしは、赤熊が弱い魔物だとばかり思ってた。違うね。全然強いんだね」

ふーんそう。

「学ぶことがあったんならいいんじゃない？」

それより早く解体を手伝ってほしいんだが。

「あたしはまだ、強い人と組んじゃダメだ。まだその段階にさえいない」

うーん。水汲《く》んできてくれないかなぁ。

「そ、それより……メガネって強いんだね」

ああ、うん。

「『このメガネ』はすごいと思う」

「…？　強い？　すごい？」

言葉にすれば不自然だったかもしれないが、意味はわからなくていい。

この「メガネ」があれば、本当にいろんなことができるかもしれない。

それこそ、世界に名を馳せる英雄にだってなれるかもしれない。

特になりたいわけでもないけど。むしろ目立ちたくないけど。


てきぱきと赤熊の毛皮を剝ぎ、魔物には必ずある魔核を心臓から取り出す。赤熊の場合、この二つが一番高く売れる、必ず回収したい部分である。

次に、食べてうまいとされる肉の部位を切り出す。これも換金対象である。

重量が重量なので、俺とライラではすべては持って帰れない。

売れない部分、売っても小銭にしかならない部分は、残念だが置いていくしかない。

あとは――ああ、そうそう。忘れちゃいけないのがあったな。

「寄せ肉って知ってる？」

なんか言い出していたライラも解体に参加し、ようやく処理が終わった。

巨大な肉塊と内臓が残るというアレな光景だが、このまま放置はできない。血の臭いが遠くの獣を呼ぶかもしれないので、穴を掘って埋めておこう。

だが、その前に。

「寄せ肉？　何それ？」

「肉を細かく刻んで固めて焼く料理なんだけど」

「……いや、知らない」

説明されて想像したものの、それに適応する料理を思いつかなかったらしい。

「そう」

じゃあ本当に師匠のオリジナルなのかな。

師匠が自慢げに料理の方法を教えてくれた上で、「俺が発明したんだぜ」と自信満々で言っていたが、あんまり信じてなかったんだよね。適当な冗談も言うタイプのおっさんだったし。

自慢げなところが胡散臭いって思っていたから。

まあ真偽はともかく、俺も久しぶりの寄せ肉だ。やっぱり赤熊を狩ったらこれをしないとな。

「食べる？」

「何を食べるのかよくわかんないだけど……一食浮くと思えばいい？」

「そうだね」

「じゃあ食べる」

よし、二人分だな。

俺は、赤熊のあばら骨の一本から赤身の肉をこそげ取る。赤熊の肉はどこもかしこも硬いので、ここが一番軟らかいと教えられた。

二人分を取り、それを持ってきた臭み取り作用のある葉っぱに包む。これでよし。

残りの赤熊の骨や内臓などを地面に埋め、その場を離れた。

俺がいつも狩りをしている川の付近まで移動すると、川の水で手や解体用ナイフなどの血を落とし、そして葉っぱに包んだあばら肉もよく洗う。

ちょうど昼時である。ここで食べてしまおう。

「お湯を沸かしてくれる？」

「あ、うん」

小さいながらもちゃんと使える、調理道具一式は冒険者には必須アイテムであるらしい。俺も一応持ってきているけど、ライラの自前の鍋で川の水を火にかける。

湯が沸くまでに、俺は調理だ。

よく洗ったあばら肉を細かく叩き刻み、臭み取りの葉っぱも刻み、持ってきた乾燥大葱も刻み、塩を入れて全部混ぜ合わせてこねる。よく混ぜるがよくこねないのがポイントだ。

一人分が一つである。丸く平らに形を整えて寄せた肉を、沸かしたお湯に投下し――すぐにお湯を捨てる。

「え、捨てちゃうの？」

「うん。脂を軽く落とすだけでいいんだ」

乾いた布で寄せ肉の水分を取り、今度はじっくり焼く。これで焼けたら完成だ。すでにおいしそうな脂が溶ける匂いがしている。

「パンもあるから」

挟んで食べればうまいのだ。

「準備いいね……あたしのことには興味ないくせに」

それとこれとは話が違うだろう。俺がうまい肉を食いたいだけのことだし。

「赤熊の肉ねぇ……あたしあんまり好きじゃないんだよね。臭みが強いっていうか」

「ああ、わかる。俺もそうだったよ」

焦げ目も鮮やかにしっかり焼きあがった寄せ肉をパンに挟み、先にライラに渡す。俺の分はこれから焼く。小さいフライパンなので二つ同時には焼けないのだ。

「あんまり期待してないけど……ん？　え、うまっ!?　え、これ赤熊の肉!?」

そうです。

驚きましたか？

俺もはじめて食べた時は驚きました。

料理人がしっかり料理したらおいしいらしいけど、そんな高尚な調理方法は俺の村にはなかったからね。

幼少の頃に食べた赤熊は、硬いし臭いしまずい肉、という印象しかなかったけど、師匠に教えられたこの寄せ肉で食べると、非常においしかった。

「もう少し置いておくと臭みも消えるんだけどね」

「うん、かすかにあるけど気にならないくらい弱い！　肉の味をしっかり感じる！　おいしい！」

そう。そりゃよかった。

俺も食うか。

こうして、赤熊の狩猟は完了した。

あの数字については、これからもっと細かく調べていこうと思う。

第六話　メガネ君、ようやく姉と会う

王都に戻ってきたのは、夕方には少し早いという時刻だった。

二人で持って帰ってきた赤熊の毛皮や肉は、冒険者ギルドが大型獣の解体・換金に使っているという倉庫へ運び込んだ。

ギルドよりは人が少ないので、俺も中に入って荷下ろしだけして去ることにする。

換金するにも時間が掛かるので、報酬はあとでライラが俺の泊まっている宿まで持ってくる手はずとなっている。

曰《いわ》く、「役に立たなかったらこれくらいはさせろ」と。

冒険者として一方的な借りは作りたくないそうだ。正直願ったりなので任せた。

ライラと倉庫で別れ、それから狩猟ギルドに顔を出した。「大物を狩った時はできれば報告してほしい」と言われたので、報告しておく。

「なるほど。赤熊を狩る実力はあると」

相変わらず閑散とした小さな狩猟ギルトで、やる気がなさそうな受付嬢がやる気がなさそうにそ

う言うが、

「俺じゃなくて連れの冒険者ががんばったんだよ。俺は囮役だったよ」

俺は即座にそう返した。ライラががんばったのは本当だし、俺が囮役をやったのも嘘ではない。

ライラにも「聞かれたらそういうことにしておけ」と、口裏を合わせるよう言ってある。

冒険者じゃないんだ。

名が売れていいことなんて、俺にはない。

それに――

「報告ありがとう。それ、生態分布の情報として買い取りになるから。小銭程度の報酬だけどね」

本当に小銭程度の報酬を受け取り、狩猟ギルドを後にする。

――やはりあの受付嬢は、只者じゃないようだ。

意識して見てみれば、彼女の頭上には「3」という字が出ていた。

だらしなく気を抜き頬杖《ほおづえ》をついてやる気のない目をしていて、およそ警戒も何もしていないのに。

それなのに、俺が勝てる相手では絶対にないと「メガネ」が示している。

そう、数字だけ見れば、彼女はロロベル以上に強いってことになる。

薄々「隙だらけだけど何かが違う」とは思っていたが、彼女はいったい……いや、まあいいか。

彼女が何者であれ、俺はその辺の事情に触れる気はないから。

ただ、彼女には、あまり俺のことを知られたくない。「使える」と判断されたらいろんなことをさせられそうな気がするから。

できれば深く知り合うことなく、とっととアルバト村に帰りたいものだ。

……なんてことを考えた瞬間から、嫌な予感はしているんだけど。予感が当たらないことを祈ろう。


赤熊狩猟の翌日。

俺は狩りには出ず、午前中は王都観光をした。まだまだ見てない場所があるのだ。

赤熊の報酬で結構まとまったお金が入ったせいもあるが、何より、これ以上「メガネの狩人」が有名になるのを避けるためだ。

これまでも目立つ気はさらさらなかったが、より目立つ行動は慎んでおこうと思い、狩場へ出ないことにした。

城からの注文で、「メガネ」を残り二十個用意するまで、王都から離れることはできない。

それにまだ帰ってこない姉・ホルンのこともある。

今は王都から離れられない以上、悪目立ちするわけにはいかない。

「――あらメガネ君。また来たのぉ？　ジョセフィーうーれーしぃーいー☆」

弓及び飛び道具の専門店である「ジョセフの店」には、相変わらず客がいない。

化粧の濃いおっさん・ジョセフが、つまらなそうに木を削り矢を作っているだけだ。

まあ、俺が顔を出して、ものすごく嬉しそうな顔にはなったが。

「練習場借りたいんだけど」

目立たずできることなんて限られている。

その中で、俺は観光と弓の訓練をすることに決めた。

「いいわよぉどんどん撃ってぇ。ついでにワタシのハートも撃ち抜いていいのよぉ。あ、実はもう撃たれてはいるんだけどねぇ？　なんてねっ☆」

筋肉ムキムキの中年男性ジョセフ——初対面で「ジョセフィーヌと呼・ん・で☆」とあだ名で呼ぶことを強要してきた化粧の濃いおっさんは、俺と話す時は基本くねくねしている。

ほんと都会っていろんな人いるよね。

どう対応していいかわからないから、気にしないことにしてるけど。気にしたら二度と来られない気もするし。

ただ、ジョセフはアレだが、化粧が濃いが、扱っている商品は上質である。

特に、この店一番の弓を特別に見せてもらったが、あれはすごい。

まだまだ弓の種類に関しては知らないことも多い俺だが、それでも一目で只事《ただごと》じゃないとわかった。

白木とは違う材質の、真っ白な美しい弓だ。

なんでも、竜骨で作った弓で、特殊な魔法効果があるとか。

値段にすると、俺が一生で稼げるかどうかってくらい高価らしい。詳しくは教えてくれなかったが、もしかしたら俺の想像以上に高かったりするかもしれない。

「ほんっと、あのむさ苦しいベクトの弟子とは思えないくらいキャーワイイわぁ☆　食べちゃいたいわぁ☆」

なお、双方弓を扱うという関係から、ジョセフは師匠と知り合いだった。あまり仲はよくなさそうだが。

ただ、化粧の濃いこれで、弓に対する腕と知識は確かなんだろう。

俺は師匠のことを話したわけではない。ジョセフが俺の持つ弓を見て、師匠の作ったものだと見抜いたのだ。

俺にはわからないが、弓には作り手の癖みたいなものが出るそうだ。

もっといろんな弓に触れてみれば、わかるようになるのかもしれない。

——なお、こんなにくねくねしているのに、ジョセフの数字は「41」である。

このおっさんもかなり強いということだ。

平素の場合、俺は「不意打ちを仕掛けて」というアドバンテージありきの数字となるから、むしろ90台じゃないと不意打ち自体が成功しないと思う。

そして不意打ちが失敗したら確実に負けると思う。

その辺の一般人は、90台がほとんどだから、そういう判断で間違ってはいないと思う。

「あん、お金はいいのよぉ！　ほんとにいいのよぉ！　ちょっと一緒にお食事に行くだけで料金なんて全然いいしむしろお小遣いあげるわよぉ！　もう成人したのよね？　お酒の飲めるところ連れてってあげるわよぉ！」という化粧の濃いジョセフに断固として借りを作らないよう料金を支払い、裏手にある練習場へ行く。

なぜかジョセフも付いてくる。

いつも通りだ。

店に戻ってほしい。化粧直しをしないでほしい。

道の細長いスペースに、彼方には的のカカシが立っている。

中距離まではここで練習ができる。

弓はだいぶ馴染んできた。木の矢は思い通りに飛ぶようになったので、今日から鉄の矢で練習だ。

木製よりは単純に重量があるので、軌道がすぐに下がるのだ。遠目を狙うなら、少し上を狙って射る必要がある。この辺は身体で覚えるしかない。

動物ならともかく、そこそこの魔物は鉄の矢からじゃないと、まともにダメージが通らない。

狩人としては、中距離程度は確実に当てられるようになりたい。

「最近の若い子は、弓は使わないのよねぇ。おかげでお店は寂しいものよぉ」

店が寂しいのは弓を使う使わないより前に、化粧が濃いという問題があるからな気もするが。

傍《そば》でぼやくジョセフは気にせず訓練を続ける。いつも通りに。


黙々と鉄の矢を撃っていると、俺の近くでずーっとずーっと独り言をぼやき続けるジョセフは、絡みつくような無視できない言葉を吐いた。

「ねえメガネ君。赤熊を狩ったんでしょう？」

……ん？　耳が早いな。

「なんのこと？」

「冒険者ギルドと違って狩猟ギルド界隈は狭いからねぇ。何かあったらすぐ噂が広まるのよぉ」

ああ、そうなのか。

この店で扱っている商品が主に狩猟道具なので、狩猟ギルドとはいわゆる提携関係みたいなことになっているのかもしれない。

だとすれば、そりゃ情報も早いだろう。

「一緒にいた冒険者ががんばったんだよ。俺は付いていっただけだよ」

「へえ？　毛皮を無駄に刈った、傷にもなってない痕跡は？」

あ、そこまで情報が入ってるのか。本当に耳が早いな。

「ついでに言うとぉ、毛皮に残った傷跡からぁ、細長い何かが赤熊に致命傷を与えたみたいだけどぉ？」

……ほう？

俺は振り返り、ニヤニヤしている化粧の濃いおっさんを見据える。

「それ誰から聞いた？」

その発言の真意を問うために。

「何が致命傷で、どんな狩り方をしたか、わからないように解体したはずだけど」

「あら、そうなの。用心深いのね」

「それとも誘導尋問の類だった？」

「半分は」

　そうか。半分は憶測による誘導尋問か。

「残りの半分は？」

「愚問ね。ワタシはメガネ君の実力をこうして見ているのよ？」

　赤熊くらいなら相手にならないでしょ、と。まるで現場を見ていたかのようにジョセフは笑った。

毒々しいまでに口紅あっかいなぁ。

「矢、何本使ったの？」

「三本」

「あらそう。ワタシの予想より随分少ないのね。弓の腕もそうだけれど、実戦慣れもしているワケね」

　まあそれ以前にだ。

「別に俺が赤熊を狩ったとは認めてないけど。一緒にいた冒険者ががんばったって言ったはずだけど」

「フゥン？　ま、そういうことにしておきましょう？」

　ただの雑談なのか、それとも探られているのか。ただただ笑う化粧の濃いおっさんからはちょっと判別がつかない。

　……ここに来るのも最後にしようかな。もし探られているなら、これ以上知られると後々自分の首を絞めそうだ。

「ねえねえ？　それより今晩一緒にお食事いきましょうよぉ？」

……殺気や敵意や害意といったものとは違う種類の、俺が経験したことがない身の危険もちょっと感じるしな。化粧の濃いおっさんから。

できるだけ、この店には来ないようにしよう。

訓練を終えて宿に戻ると、

「──おいちょっと待て！」

宿の前にライラが立っていた。

「なんで逃げるの!?」

チッ、油断してた。路地裏から角を曲がったらすぐ目の前にいた。こういう遭遇のしかたもあり得るのか。

思わず回れ右して逃げようとしたが、さすがに見つかってしまった。

「あ、いたんだ。気づかなかった」

「それ嘘だろ！　目が合ったよね!?　目が合った上ですぐ逃げようとしたよね!?」

うん、まあ、その通りだから反論もできないんだけど。

「ごめん。正直あんまり会いたくないなって思ってたから」

「ほんとに正直だな！　驚くわ！　……え、待って！　ほんとに驚いたんだけど！」

心外とばかりにライラは驚いている。割と妥当な判断だと思うが。

「じゃあこれで失礼しまーす」

「いや待ちなさいよ！　行かせるわけないでしょこの流れで！　……ちょっとごまかしきれない衝撃を受けた直後で動揺が収まらないんだけど、とにかくちょっと待って！」

　本当に本気で驚いたみたいだ。

　ライラは胸を押さえて「とにかく待て、ちょっと待て」と繰り返す。

　正直それも嫌なんだけど、このまま放置して行くと、確実に部屋まで追いかけてくるだろう。

「またなんか用事？」

　黙って待つのも嫌なので、呼び水をしてさっさと要件を聞き出してお引き取り願おう。

「……なんか納得いかないけど、まあいいわ」

　釈然としていない感は顔と態度にありありと出ているが、ライラは本題に入った。

「ホルンお姉さまが帰ってきたって伝えに来たんだけど」

　ああ、そうか。ようやく帰ってきたのか。

「今どこにいる？」

「冒険者ギルドで飲んでるね」

　そうか。

　まだ夕方前だし、ギルド内に人は多いだろう。

　更に言うと、夕方から夜にかけて、仕事に出ていた冒険者たちがどんどん帰ってきて人が増えるはず。

どうせホルンは仲間と一緒にいるんだろうし、俺と話す時間なんて今はどこにも差し込めないだろう。

となると、後日がいいかな。大して急ぐ理由もない。

「ライラ、頼みがあるんだけど」

「会いたくなかったあたしに？」

「うん。会いたくなかったライラに」

「……精神強いね、メガネ」

「たまに言われる。それより頼みたいんだけど」

明日の昼、ホルンをこの宿に連れてきてほしい。

そう伝えると「えーでもメガネってあたしと会いたくないんでしょぉ～？　それなのに頼み事なんてされてもなぁ～」とぐずぐず言い出したライラを置いて、俺はさっさと宿に引っ込んだ。

「言っとくけどあたしの方がメガネより年上なんだからな！」

なんて、意味があるのかないのかわからない捨て台詞《ぜりふ》を背中に浴びながら。


そして、翌日。

午前中を適当に過ごし、昼には宿に詰め。

——ついに、姉と二年ぶりの再会を果たした。

「ん？」

明るい茶色の髪に、こげ茶色の瞳。

黒に近い髪と琥珀のような瞳の俺とは、配色が逆である。

二年前は俺と同じように短かった髪は、あの時よりかなり長くなっていた。

でも俺と同じで相変わらず髪には無頓着みたいだ。無造作に伸びたまま左右に跳ねまくっている。

うーん。

狭い村を飛び出してはどこにでも平気で行き、拾い食いしては腹を壊して泣いていたあの頃から、俺の姉のイメージは止まったままだが。

二年ぶりに会った姉は、やはり二年分は大人びていた。

首まで覆う厚手の服を着て、その上に重ねるように要所だけ守る軽そうな革鎧をまとっている。

腰に佩《は》いた剣はショートソードだろうか。そこそこ使い込んでいるようだ。

どこからどう見てもいっぱしの冒険者だ。なんなら結構腕が立つ雰囲気もある。

――雰囲気じゃなくて実際腕が立つのか。

村ではバカな子供だったが、今は「悪魔祓いの聖女ホルン」だもんな。

部屋にやってきたホルンは、俺をジロジロ見て、腕を組んで首を傾げた。

「……あれ、誰だっけ？　こいつ見たことある」

だろうよ。

あんたの弟だからな。

俺は一目で気づいたけど、ホルンは気づいてないようだ。

まあ、姉は細かいことから普通のことまでは気にしない、大きなことしか気にしない大物の器だからな。

見た目は大人になったと思うが、中身はあんまり変わってなさそうだ。

「――ホルン。村の人って誰だった……あ」

あ。

訝しげなホルンの後ろから、見たことがある顔が出てきた。

「おまえ、エイルか!?」

そういう彼は、レクストンだ。

三年前の選定の儀式を終えてすぐにアルバト村を出た、俺にとってはいわゆる同郷出身の幼馴染《おさななじみ》というやつである。

レクストンは、小さな頃から身体が大きく力が強かった。小さな村のガキ大将だった。

姉にちょっかいを出すまでは、の話だが。

まだ小さな女の子だった姉にからかうようなちょっかいを出して、逆にボッコボコにされてからは、姉の一番の子分みたいになっていた。

ホルンは子供の頃から強かったから。なんというか、人間じゃなくて獣みたいな野性味溢《あふ》れる奴だったから。

今も雰囲気は変わってないかな。

村一番のバカであるホルンと、二番目にバカなレクストン。

村のツートップバカが揃ってからは、一緒にバカやっては自業自得な目に遭っていたらしい。

さほど興味もなかったから詳細はわからないけど。

ホルンとレクストンがつるんで派手にバカやり始めて、俺はより一層、人から隠れるようになった。

しばらくしたら狩人の弟子となった。

なので、もしかしたら俺よりホルンのことを知っているのは、彼の方かもしれない。

それにしても、彼とも三年ぶりに会うが、昔より大きく立派になっていた。

昔よりはるかに逞《たくま》しく、力持ちの若き冒険者という感じだ。ホルンと違い鎧をまとっていない薄着で、嫌でもその下に分厚い鉄のような筋肉があるのがわかる。

――正直どっちも村を代表するほどのバカだったが、さすがにホルンよりはレクストンの方が、まだマシなようだ。

そうだろうとも。

姉を超える逸材なんて、本当にこの世にいるのかってレベルだから。早々小さな村に同じくらいの器を持つ者なんて生まれやしないだろう。

「エイル？　……私の弟も同じ名前だけど」

衝撃の発言である。まさか名前が出てもピンと来ないなんて。さすがはあのホルンと言わざるをえない。

姉は変わってないかと思ったが、昔より磨きがかかっているのではなかろうか。

「同じ名前じゃなくて同じなんだよ！　おまえの弟だよ！」

村で二番目のバカが訂正するほどの発言である。俺なんて言葉も出ないよ。関係者だと思われたくないから触れたくないし。……関係者しかいないいから無駄な抵抗だけど。

ホルンはにっこり笑って、大男を見上げた。

「おまえはバカか、レクス？」

バカにバカって言われると腹が立つよね。俺は言われてないのに腹が立った。おまえが言うなって。当然言われたレクストンも気分を害した顔をしている。

「私の弟は、顔からこんな変なの生えてないんだぞ」

メガネは生えるとは言わない。そもそも生えてない。顔の一部じゃない。すでに心の一部ではあるけど生えてない。

「ホルン」

さすがにこれ以上の身内の失態は、俺が見たくない。

俺は「メガネ」を外し、姉を呼んだ。

二年前と同じように。

「あ、エイルだ」

「メガネ」を掛けてみる。

「……ほんとにエイルか？」

「メガネ」を外してみる。

「エイルだ」

「メガネ」を……

「遊んでんじゃねえよ！　二人してなにやってんだ！」

いや、今のはむしろ俺が遊ばれていた方だと思う。

「で、結局こいつ誰なの？」

姉に自覚があれば、だが。

このどこまで本気なのかわからない感じも久しぶりだ。懐かしいけどやっぱり歓迎する気にはなれないな。

「ホルン、俺だよ」

俺は立ち上がり、俺より少しだけ背が高い姉と向かい合う。

「二年前にアルバト村で別れた弟だよ」

ここまで言わないといけない身内との再会ってなんなんだ、とは思いつつも。

このままでは身内の恥をずーっとさらし続けることになるので、仕方なく、ちゃんと言葉にした。

わかりきったことを。仕方なく。

「あ、本当にエイルなの？　王都に来たんだ」

ようやく認識してくれたようだ。

ふう……二年ぶりの姉の相手は、疲れるなぁ。

俺が人の相手をまともにしなくなったのは、まともに相手をすると疲れることを、姉から学んだからだからなぁ。

ホルンと、ホルンを連れてきたライラは、会う予定にあった。予定になかったのはレクストンである。

四人も入るには部屋が狭すぎるので、外で待っていたライラと合流し、その辺の食堂へ向かう。

テーブルに着くと、「久しぶりだな、エイル」とレクストンは笑った。

……ふうん。

村で二番のバカだったレクストンなのに、バカっていう印象がなくなっていた。笑顔がさわやかな好青年のようだ。

理知的……かどうかはわからないが、なかなか落ち着いた物腰である。

彼は姉の一つ上なので、今十八か九、か。

三年間、この王都でいろんな人生経験を積み、すっかり大人になったってことなのかもしれない。

「そのメガネどうしたんだ？　元気してたか？」

「メガネは気にしなくていいよ。そっちも元気そうだね」

レクストンは、小さい頃から冒険者になりたいと言って訓練していた。

選定の儀式でありきたりな「素養」を引いたものの、その日から村を出て、王都へ旅立ったのだ。

三年前に村を出て以来、年に一度は帰ってきていたと思うが。

でも姉とは親しかったが、俺はそうでもなかったから、帰ってきたところで顔を合わせることも話すこともなかったんだよな。俺も狩人修行で忙しかったし。

「ホルンと合流しているなんて思わなかったよ」

「俺もだ。まさか王都でまでつるむようになるとは思っていなかった」

その話題のホルンは、かなり真剣な面持ちでメニューを見ているが。

たぶん何が、どのメニューが一番多く肉が入っているか、何肉を食うか考えているのだろう。食い物に関しては昔からどこまでも本気な奴だから。

「レクストンも、『夜明けの黒鳥』のメンバーなの？」

「ああ。つってもまだまだ下っ端扱いだけどな。ようやく一ツ星の冒険者になったところだ」

へえ。まあ体格はこの通りだし腕も悪くなさそうだし、成長性みたいなものを見込まれたんだろう。ライラと同じように。

まあでも、レクストンのことはひとまず置いておこう。

身内としては、彼より姉の方が気になる。

「なんでホルンは『聖女』なんて似合わない二つ名で呼ばれてるの？」

これが一番気になっていた。結局どういうことなんだ、「悪魔祓いの聖女」って。なんかの風評被害的な皮肉なのか。

「困ってる人の依頼なら片っ端から受けてこなしてきたからだよ。報酬が見合わないような困難な仕事でも平気で受けてな。昔からそうだっただろ」

そうだった。

昔からホルンはそういう奴だった。

誰かが困っていればお節介と言われても口と手を出す奴だった。

大変だから、迷惑だから、って遠慮する相手に「うるさいバカやらせろ」と言い切る奴だった。

身体の自由が利かない年寄りの代わりに労働して回って、それから元気いっぱいの顔して遊びにも行く疲れを知らない奴だった。

だから大物の器と言われていた。

ただ「バカ」と結論付けるのも勿体ないと思えるほどに、恐ろしいまでに欲望と本能に忠実だったから。

そうか、王都でも同じようなことをして、それで聖女呼ばわりか。……短絡的なケダモノ、とでも言った方が絶対に正確だと思うんだけど。

「あの、今更言うのもなんだけどさ」

同郷同士で話が進んでいる最中、気を遣って口数を減らしていたライラがここで入ってきた。

「一年前、あたしの村が困ったことになってね。冒険者ギルドに助けを求めたの。そこで率先して動いてくれたのがホルンお姉さまだったんだ」

ああそう。そりゃお姉さま呼びして慕いたくもなるね。

「ね、ホルンお姉さま」

「うるさい。今肉選んでるから話しかけるな」

変わってないな。ライラの笑顔に見向きもしないところとか、二年ぶりに弟と会うのに話より食欲優先なところとか。

「父さんと母さんが心配……は、あんまりしてなかったけど、気にしてたよ。この二年、一度も帰ってこなかったから」

「うるさい。今シカかヤギか選んでるから話しかけるな」

うん。

間違いなく、俺の姉だな。

恐ろしいまでに変わりのない姉は、食事時は話ができないのも変わっていない。

決めるまでも真剣なら、注文して料理が運ばれてくるまでもそわそわしながら真剣で、こうなればやはり食べている時も真剣であろう。

飯を邪魔したりしつこく声を掛けると殴られるから注意も必要だ。ケダモノめ。

話しかけてもまともな返答は期待できないので、その間に気になることはレクストンとライラに聞いておくことした。

まず、やはり、アレだ。

「借金があるって聞いたんだけど」

先日の赤熊の狩猟で、まとまったお金はある。全額返済には足りないまでも少しは足しになるだろう。

「あると言えばあるが、気にしなくてもいいと思う」

レクストンの話では、ライラに聞いた通り依頼料の肩代わりをしたそうだが、それから一切返済は行われていないらしい。……おい。

「返済、してないの？　一切？」

「ホルンだからな。金が入ったら何かに消えてる」

何かに消えるって。

理由になっていないはずなのに、納得できるところが嫌だ。ホルンだもんな、というだけで諦めがつくというか。

「孤児院への寄付だったり、金に困ってる奴に貸したり、装備の分割払いの支払いだったり。一番多いのは食費みたいだけど、俺も正確には把握してねえ」

金遣いはめちゃくちゃみたいだ。まあ、わかっていたことだけど。

村ではお金は使う用途もなかったから、金勘定なんてどうでもいいと割り切るだろうとわかっていた。だってホルンだし。

予想外があるとすれば、予想以上にめちゃくちゃみたいだが。でもホルンだから仕方ない。小さな頃からめちゃくちゃな奴だから仕方ない。

「そもそも金を借りたことも貸したことも、何に使ったかも基本的に覚えていないみたいでな。返済を迫られても金はないし、気が付けばすっからかんだし。俺にもわからかん。あまりにも意味不明な出費が嵩《かさ》みすぎて、ついには財布を持つことを禁止されたんだぜ」

…………

ライラが警戒するはずだ。我が姉らしいと思うと同時に、愚かとしか言いようがない。

「だが、不思議なもんでな」

レクストンはニヤニヤしながら、そわそわしている姉を見る。姉は隣のテーブルの肉が気になるのかすごい見ている。そうだねうまそうだね。少しはこっちを気にしろ。二年ぶりだぞ。

「俺はホルンが来るまでの一年間は、普通の冒険者としての経験を積んだ。そんな俺が知っている『夜明けの黒鳥』ってチームは、どうも一流になり切れないチームでな。

実力はある、メンバーも厳選されている、仕事の手際も達成率も王都では一、二を争うほどの実績がある。

だが、何かが足りない。

だから三ツ星には届かない、って感じの、永遠の中堅どころって感じだったんだ。うまく言葉にはできねえけど」

永遠の中堅、か。

「わかる気がする。そういうのいるよね」

実力も実績もあるのに、でもどこかすべてを任せきれないというか。

全幅の信頼を置けないというか。

何か陰りがあるというか。

物語の主人公にはなれないというか。

露骨に言えば、格が違うというか。

理由はそれぞれでまちまちだろうから一概には言えないと思うが、そういうのはある。

「ホルンが入ってからなんだよな。こいつの加入で『黒鳥』に足りなかった何かが埋まったんだ。結果、チームは三ツ星ランクを得て、王都でも随一の冒険者チームと呼ばれるようになった。何が変わったって、やっぱり雰囲気だろうな。前はプライドが高く安い仕事は受けない一流気取りだったが、今は割と色々やってるよ。おかげで人気も出てきたしな」

ふうん。

「あ、ちなみに俺は、わりと最近『黒鳥』に入ったんだ。入団試験を受けてな。それ以前にもホルンとよく冒険に出てたけど、同じチームではなかったんだ」

「黒鳥」が、俺が入りたいと思えるチームになったからな、とレクストンは語った。

そうか、「黒鳥」というチームはそんなに変わったのか。

まあ、わからなくもない。

姉を見ていれば、「ちゃんとしろ」とか「誇りを持て」とか、そんなの言い飽きてどうでもよくなってくるから。

「大方、ホルンの面倒を見ようとして付き合っている間に、『黒鳥』のメンバーも巻き込まれていったんだろうね」

だから侮れないのだ。ただのバカと断じるにはもったいないのだ。

「そう。俺がホルンとつるむようになってから、バカになったのと同じパターンな」

村で二番目のバカがなんか言ってるけど、これは無視していいだろう。

「――メガネがホルンお姉さまの弟だなんて、聞いてないんだけど」

ライラのそんな小言を聞き流しながら、運ばれてきた飯を食う。俺だって姉に妹ができていたなんて知らなかったからおあいこだ。

「道理でちょっと顔とか似てると思ってたけど……」

その話はいいです。したくないです。

それより、さっき話が逸れた借金の話である。

「ああ、借金な。リーダーがもう取り立てる気がないみたいでな。諦めたっつーか、逆に取り立てたくないっつーか」

「取り立てたくない？」

「借金がなくなったらホルンが『黒鳥』を抜けるんじゃないかって、若干心配してるみたいだ」

あ、なるほど。だから借金はそのまま残している、残しておきたいと。

「今やホルンも、王都では有名な冒険者だ。

腕もいいしバカだけど性格も悪くないし、騙されやすいから御しやすいと考えてる奴らもいるし。

他チームからのスカウトも来るし、お偉方とも繋がりもできている。

で、これはさっきの話に触れるが、ホルンが『黒鳥』の足りない部分を埋めてる節がある。

だからあんまりな理由で抜けたら『黒鳥』は空中分解するかもしれない。リーダーもそれを危惧している気がする。……まあ、俺の考えすぎかもしれんがな」

それも、わからなくもない。

ホルンがいなくなって二年、村でも「ホルンが抜けた穴」は小さくなかった。

労働を肩代わりしてもらっていた老人たちは見る見る元気をなくし、細々とした雑事に子供たちが借り出されることも増えていった。

ホルンとレクストンだけでこんなに働いていたのか、と。

後になってみんな気づいたものだ。そしてその穴を埋める段になって、村全体が混乱もしたし口論にもなったみたいだ。

本当に我が姉ながら、常識に納まってくれない厄介な人である。

「ふう……うまかった」

食事が終わって、ようやくホルンが落ち着いたようだ。ヤギ肉シチューをお代わり二杯か。よく食うなぁ。

「それでエイル、王都に遊びに来たの？」

そして急に身内ヅラし始めた。おっそいなぁ。その手の来た理由の質問は再会してすぐ出るもんだと思うんだけどなぁ。

「選定の儀式だよ。ホルンと一緒」

「ん？　…………選定の儀式？」

待て。

「さすがに忘れたわけじゃないよね？」

何このピンと来てない顔。まさか成人の日を忘れているなんて言い出さないだろうな。

「…………あ」

ピンと来たようだ。

「そうだった。私は『素養』が珍しいからって王都に連れてこられたんだ。それでそのままここにいるんだった」

相変わらずすごいな。自分がここにいる経緯さえ忘却の彼方《かなた》に消し去ろうとしていたのか。なんというか……すごいな。

「じゃあエイルも『珍しい素養』だったの？　だから連れてこられたの？」

これだ。

普通の人なら遠慮したり気を遣ったりして聞かないことを、平然と聞いてくる。だからホルンは……いや、まあいいや。ホルンだし。

「素養」については、基本的に軽々しく聞かないのが一般常識である。

だからライラもここまで俺に聞くことはなかったし、俺も王都に来てからは誰にも質問していない。

あくまでも一般常識だ。

一般常識がないホルンなら、軽々しく話題に出すのも不思議ではない。

「俺、少しだけ『魔術師の素養』があるみたい」

「え、マジか!?」

驚いたのはレクストンである。ついでにライラも。

ホルンは「ふーん」って感じでどうでもよさそうだ。なお、レクストンとライラの方が、世間一般では正しい反応である。

魔術師とは、それくらい珍しい「素養」なのだ。

「でも大した『素養』じゃないらしくて、城から門前払いを食らったよ。だからしばらく王都で観光でもしてから村に帰るつもり」

嘘は言っていない。

「メガネを生み出す」という物理召喚は、魔術師ができることだ。だから俺にも適用されるはずだ。言っていないことがあるだけで嘘は言っていない。

「そうか。残念だったな」

「そうでもないよ。仮に『素養』を見込まれても、城で働く気はなかったから。どんな結果でもすぐに村に帰るつもりだったし」

こうしてホルンとも会えた以上、あとは城からの注文をこなせば、王都にいる理由もなくなる。

メガネのことを調べてみようかと思っていたけど、もういいや。ちょっと疲れた。

やっぱりというかなんというか、姉とまともに会話するのは困難だったけど、元気だし特に問題もなさそうだから、それを両親に報告しよう。近況を聞き出すのは……ホルンよりはレクストンに聞いた方が早いみたいだし。

あとは、やっぱりアレか。

「『黒鳥』のリーダーに挨拶をしておきたいけど」

この姉を預かっているという、確実に気疲れしている人がいる。身内としてはぜひとも挨拶しておきたい。

これは人に会いたくない関わりたくないで流せる問題ではない。絶対に。

俺が逆の立場なら、挨拶くらいしに来いと絶対に思うから。

なにせホルンを預かっている人だから。

まあ、気は重いけど。……小言とか言われたら、さすがに聞き流せる相手でも状況でもないからなぁ。

「それよりエイル」

気が重くなっている俺に、ホルンがずいっと上半身を寄せてきた。

輝く暗い茶色の瞳が、見透かすように俺の瞳を捉える。

「その顔についてるやつ、いいモノだね？　くれ」

またいきなり言い出したな。

「これは目がいい人には不要だよ。ホルンは目がいいだろ」

見詰めてくる姉を、レンズ越しにじっと見つめ返す。

そんな姉は、なんの変化もなく――恐らく「ただそう思っただけ」のことを口に出した。

「それ、それのみのモノじゃないでしょ。だからくれ」

…………

「なぜわかる」とか「どうしてそう思う」とかは、姉には愚問である。

大体において「そう思ったから」というだけの話だから。

わかりやすく言えば、ただの直感だから。本能だから。

もしかしたら、最古の記憶である「森に置き去り事件」より先に、俺は学んでいたのかもしれない。

直感と本能で生きている奴は恐ろしいということを、姉から。


「神秘的っていうのは、ああいうのを言うんだろうね。

秘境と呼ばれる森の奥地に、湖があってね。その湖のど真ん中には霊木がそびえていた。

木漏れ日を浴びて揺れる湖面と不思議な生命力を感じさせる霊木は、それはそれは美しい光景だった。

息をするのを忘れるほど、そこが危険な森の奥地であることも忘れるほどに。

そして、湖の水を飲んでいる動物たち。

霊木が魔物を遠ざけているのか、そこだけ明らかに空気が違うんだ。聖なる存在に守られているというか……とにかく神秘的な場所だったんだ」

…………

「集まった動物たちの中に、それはいた。

かすかに輝く、金色の毛皮をまとったウサギ。

――そう、希少性から伝説とまで言われる黄金兎《おうごんうさぎ》だ。

私の目の前に、伝説がいたんだ」

静かに語っていた姉は、くわっと目を見開いた。

「食べちゃったよね！　有無を言わさず狩って！　食べるしかないよね！」

…………

そのオチ聞くの、すでに五回目なんだけど。

一回目は、かつて乱獲され数が激減し、昨今では目撃情報さえ出ない幻の一角鹿《いっかくじか》。

――「食べちゃうよねぇ！」って。

二回目は、一生に一度会えれば幸運とまで言われる白銀の大型魚。

――「食べちゃったよねぇ！」って。

三回目は、三ツ星の冒険者でさえ避ける狂暴な大型獣で知られる鈍足竜《どんそくりゅう》。

――「焼けばだいたいの肉はイケちゃうよねぇ！」って。

四回目は、見かけることは簡単だが狩ることは難しいと言われる渡り鳥・銀鳥《しろがねどり》。

――「焼き鳥感覚で食べちゃったよねぇ！」って。

で、五回目は、黄金兎と。

急に姉が語り出したので何事かと思えば、そう、アレだ。

これは自慢話だ。

貧しい村に生まれた俺やレクストンにとっては、基本的に肉はごちそうだ。祭りや祝い事にしか食べられないごちそうだ。

俺だって肉は好きだ。

姉が引くほど喜ぶから霞むが、姉より俺の方が肉が好きだと自負している。そう見えないだけで内心は俺の方が好きだ。こればっかりは、この想いだけは姉にも負けていない。

俺が狩人になったのだって、祭りや祝い事以外で肉が食えると判断したからだから。

「どうだエイル？　お姉ちゃん、いっぱい食べたんだぞ」

うん…………

…………

正直、ものすごく悔しいし、羨ましい。

今出てきた五つの獲物は、田舎者でも知っている伝説の存在と言っていい。

アルバト村近くの森では絶対にお目に掛かれないものたちである。なんなら実在するのかしないのかわからないってくらいの獲物たちである。

そうか。

俺は、俺がやりたいことは村でもできると思っていたが、違うのか。

俺も、名前は知っているが出会うのは困難という獲物たちに会いたい。珍しい動物の肉を食べてみたい。

「というか……あの」

俺同様に黙って聞いていたライラが、おずおずと言った。

「たった二年でそんなに珍しい動物たちと出会えるのが、すでに奇跡っていうか……」

あ、そうなの？

田舎では絶対に会えない獲物たちではあるが、都会では違うかと思ったけど。田舎では伝説だけど都会ではそうでもないのかと思っていたけど。

それも違うのか。

「いいか？」

ホルンはキリッと言い放った。

「人がいないところへ行くんだ。人がいるところにはいないんだ」

まあ、基本的な狩りの鉄則である。人、というか、外敵が近づけば獲物はだいたい逃げるからね。

「でも、人が入らない場所は、危ないですし……」

「冒険者が冒険しないでどうする」

極端な意見だなぁ。……ライラはなぜか感銘を受けているっぽいが。目がキラキラしていかにも憧れの視線を向けているが。こんな姉に。

「おまえは大人になっても落ち着かないな」

それらの出会いは知らないレクストンが、もう呆れているというより半ば感心している。

そうだね、ホルンは村にいた時からどこにでも行っていたからね。成人の日以降、王都に来てからは行動範囲が異様に広がったみたいだね。

「でも目の前に肉があったらレクスだって食べちゃうでしょ？」

そういう問題じゃない。食べちゃうだろうけどそこじゃない。

「肉が落ちてたら食べちゃうでしょ？」

それは食べない。普通の人は拾い食いはしない。

「野菜だって土の上に落ちてるでしょ。それを食べるでしょ。肉が落ちてるのと野菜が落ちてるのと何が違うんだ」

その理屈は子供の頃から聞いている。拾い食いをやめろと俺や両親や村の大人に言われるたびに姉が返していた言葉だ。大人になってからも聞くとは思わなかった。

そもそも野菜は土に落ちているわけじゃないって何度言わせれば気が済むんだ。

「でも拾って食べるのはさすがにやめたよ」

当たり前のことだけど、幼少時のホルンを知っている側からすれば大した進歩である。

「洗ってから食べるよ」

…………

もうまともに相手しなくていいかな。疲れた。

親には「ホルンは肉食って元気。少しだけ成長の足跡有り。あと数年で人並みの常識は身に付くかもしれない」と報告しておこう。

「ホルン」

「ん？」

「お疲れ様でした」

元気な姿を確認したし、近況も本人から聞いた。幼馴染の話も聞いた。もう姉に用はない。

「『メガネ』返せ」

姉に取り上げられていた「メガネ」を回収し、俺は席を立った。

怒るかと思えば、何事もなかったように姉は俺を見上げる。怒ったら速攻で走り去ろうと思っていたのだが。

「変わらないね、エイル。お姉ちゃんに全然構ってくれないね」

構うだけ疲れるからね。昔から。

…………

姉もあんまり変わっていなければ、俺もあんまり変わっていないのかもな。納得はいかないけど似た者姉弟《きょうだい》と言えるのかもしれない。

どちらにせよ姉は予定があり、そろそろ出かけるつもりだったようだ。

「ひよっこ冒険者チームの、一ツ星昇格試験の付き添いだよ」

何日も掛けて仕事をし帰ってきたのが昨日なのに、翌日にはまた仕事に行くつもりらしい。

じっとしていられない性分も、変わっていないようだ。

ちなみにレクストンもそれに同行する予定みたいだ。今メンテに出している鎧や剣を取りに行き、そこで装着して一緒に出るらしい。

「ご馳走様でした」

「おう。まだ王都にいるんだろ？　予定が合えばまた会おうぜ」

ここは年長者である俺が、と飯代を払ったレクストンに礼を言い、店の外で見送る。

「じゃーな弟。今度はそのメガネ貰うね」

おう、がんばれよ姉。「メガネ」はあげないけど。

思った以上に成長が見えなかった姉も見送り。

さて、と横にいるライラに向き直る。

「『黒鳥』のリーダーに挨拶したいんだけど、案内頼める？」

「……案内はいいんだけどさ」

ライラは微妙な顔をしている。

「それよりなんでホルンお姉さまの弟って言わなかったの？　言ってくれれば話は早かったのに」

まだ引っかかってるのか。

まあそれに関しては俺から何も言っていないから、理由を聞きたくはあるのだろう。

「まず本当にライラがホルンの知り合いかわからない。俺はホルンと姉弟であることを公言したくない。関係者であることを公言したくない。

現在の姉がどうなっているかわからない以上、周囲に知られて面倒に巻き込まれたくないと思ったから。場合によっては姉に迷惑を掛けることにもなりかねないし。

言う方が不自然だと思わない？　田舎者だって警戒くらいするよ」

「…………」

「……というわけで、納得できた？」

「い、意外とちゃんとした理由があったんだね……」

ちゃんとしてるかな？　普通だと思うんだけど。

バカみたいに「ホルンの弟でーす」って吹聴して回るような真似をして、いいことがあるとは思えないし。俺にとっても、姉にとっても。

「てっきりあたしに興味がないからだと思ってたけど」

…………

「あれ？　なんで黙るの？　……おい待て。なんで何も言わないの？」

いや、うん。

「理由の九割はそうだったから、もう返事いいかなって思って」

「ダメだろ！　返事しろよ！　……え、さっきのもっともらしい理由、全体の一割しかないの!?

九割興味ないから!?　そんなにあたしに興味ないの!?」

「興味はあるよ」

「いや嘘だろ！　それ嘘でしょ！」

「そういうこともあるよ。ところでそろそろ案内してくれる？」

「どういうことがあるんだよ！　メガネは聞いてない時は相槌が雑になるからわかるんだぞ！　興味を持て！」

うーん。

興味って、人に言われて持つようなものじゃないし。

……なんて言ったら絶対怒りそうだから言わないけど。

あんまり騒がれて目立つのも嫌なので、猛《たけ》る赤毛の少女をなだめ、とにかく移動することにした。

第七話　メガネ君、閃光放つ輝きのメガネに戸惑う

なんか不承不承感があるライラを急かし、「黒鳥」の拠点に案内してもらった。

観光がてら王都は結構歩いたつもりだが、来たことがなかった倉庫街に連れていかれた。

なんでも、大きな倉庫を借り受けて内装をいじり、主立ったメンバーはそこに住んでいるらしい。

「あたしみたいな新入りは、また違うところに住んでるんだけどね」

ライラの話では、有名な冒険者チームなどは、冒険者ギルドや商業ギルドほか権力者から住む場所を紹介してもらえるのだとか。

単純に考えて、有事の際に確実に連絡が取れるよう、住んでいる場所を固定するためなんじゃないかな。

冒険者側も、ただ宿に泊まるより金銭面でも住居面でも生活が安定するから、双方向に利がある話だと思うけど。

何せ十人以上の大所帯って話だもんな。宿を借りれば一晩でもバカにならない出費になる。

ちなみにホルンもここに住んでいるとか。

身内として言わせてもらえれば、問題行動ばかりの姉から目を離せないから、傍に置いているんじゃなかろうか。さすがに考えすぎかな？

「ちょっと待ってて」

とある倉庫の前に着くと、ライラは俺を置いて先に中に入っていった。

馬車が入れるほど大きな両開きの扉の出入り口だが、ライラが簡単に押し開けたので、見た目ほど重くはないらしい。

「……『冒険者　夜明けの黒鳥』か」

両開きの扉の上部にある年月を経た古めかしい板に、そう書いてある。ここが拠点であることは間違いなさそうだ。

で、中には数名の人の気配を感じる。三人かな。ライラを除いて。

……うん、どれも強いな。

全員ロロベルくらい強いみたいだ。なら、えっと、二ツ星か。三人とも二ツ星の冒険者か。

王都でトップの冒険者チーム、か。

…………

ん、柄にもなく、ちょっと緊張してきたな。

屈伸してこわばり出した足を動かし、ついでに上半身の筋肉もひねったりして伸ばしておく。

必要はないだろうし、そんな状況にもならないとは思うが、いつでも逃げられるように身体はほぐしておく。必要はないとは思うが、念のためだ。

そんなことをしていると、先行していたライラが戻ってきた。

「どうぞ。――あ、今リーダーいないんだけど、副リーダーでもいいよね？」

え？

うん、まあ、……うん。

………

俺が動き出す前に「リーダー不在」を言ってほしかった。もう出入り口に片足入っちゃったよ。

俺は、現状、姉が一番迷惑を掛けているだろう集団のトップに挨拶に来たのだ。

代理に挨拶しても、誠意は伝わりづらいだろう。代理ではなく本人に伝えるべきなのだから。人伝の謝罪や謝辞に重きは置けないだろう。俺は貴族でも王族でもないんだから。

いないなら、いる時に、こっちが合わせるべきなんだから。

……だがしかし、ここまで来て引き返すのも逆に失礼だろうし、とにかく行くか。

で、もしメンバーの人当たりがよさそうなら、村に帰る前に改めてもう一度来よう。次こそリーダーに挨拶しよう。

今日のところは、副リーダーということで。

どうせ副リーダーにも多大な迷惑を掛けているだろうしね。決して無意味ではないだろう。

外から見たら大きな倉庫だが、内装は宿屋のようだった。

入ってすぐに大きな長テーブルがあり、椅子が並んでいる。ここで食事したりくつろいだりするのだろう。

　左手にある内階段を上った二階に、手すりのある廊下と、開いていたり閉まっていたりする扉がある。あれが個室だろう。

　出入り口付近に武器を掛ける棚がある辺りに荒事の気配がするが、中は割とすっきりしていると思う。

　そして、テーブルに二人いた。

　一番奥……入ってきた俺にとっては真正面に位置する長テーブルの最奥に、手を組んで待ち構えていた人。

　座る位置からして、この人が副リーダーだろう。

「こちら、ホルンお姉さまの弟です」

　ライラが簡単に紹介し、正面の副リーダーが頷く。

「ようこそ」

　女性。二十半ば。赤いフードを被《かぶ》った軽装の美女である。……強いのは確かだが、それだけじゃない何かの気配を感じる。

　それと、左の中ほどの席にもう一人。

　長い金髪を後ろに引っ詰めている、無精ヒゲのゴツいおっさん。……いや、意外に若いのか？　ヒゲのせいで若干年上に見えるだけか？　いかにも戦士って感じだ。もちろん彼も強い。

　――観察はさておき。

「アルバト村のエイルです。姉のホルンがこちらでお世話になっていると聞き、挨拶に来ました。恐らく、きっと、間違いなく、大変姉が迷惑を掛けているかと思いますが、何卒《なにとぞ》今後ともよろしくお願いします」

きちんと頭を下げておく。それはもう、きっちりと。相手に頭頂部を見せつけるように。

「…………」

「…………」

「…………」

…………

…………え？　聞いてた？　俺確かに挨拶したよね？　無反応ってなんだ。

え？

「……あ、え？」

正面の女性が妙な声を漏らしたので、思わず頭を上げた。

……すごく驚いた顔をしていた。おっさんの方も。なぜか横にいるライラも。

「あの…………君、本当に、ホルンのおと、おとうと？　ご家族の弟？　ご家族の血の繋がっている幼少から一緒に育った弟？　……あっ、血の繋がってない弟ね!?」

…………

この反応。

この認識のされ方。

大方「あのホルンの弟」という先入観を裏切ったのだろう。

普段姉がどんな言動をもってこの冒険者チームを振り回しているか、迷惑を掛けているか、言外ながら如実に伝わってくる。

どうやら俺は、絶対に、リーダーにも挨拶に来ないといけないようだ。

これは絶対に、俺が考えている以上に、迷惑を掛けている。

手土産くらい持ってくるんだった。これは手土産くらい出してもいい空気だ。

場合によっては借金返済のお金を出そうと思っていたから、お金以外の物はまったく用意していない。

「……お、おう…………とりあえず、座れや」

こちらも戸惑いが隠せないようだが、無精ヒゲのおっさんが、俺に椅子を勧めてくれた。

「……なんでそんなちゃんと挨拶できるのに、あたしの時は名乗りもしないんだよ……」

ライラが小声でブツブツ言っているが、大したことじゃなさそうなので返事はしないでおこう。

とりあえず、と勧められて一番手前、未《いま》だ錯乱している副リーダーの正面に座り、三回ほど「いえ実弟です」と訂正する。

俺は正しかった。

村でも「顔は似ているけど姉弟とは思えない」と事あるごとに正反対の性質だと言われ、俺もそれが正しいと思っていた。

そして、都会の洗練された一般常識に当てはめても、間違っていないと判断された瞬間だった。

まあ、だからどうしたって感じでもあるが。家族でも兄弟でも一個の違う人なんだから、違っていて当然だ。ただ「顔は似ている」と言われるのが不本意で、それ以外は絶対に似たくないと思っていただけで。

「……ああ、驚いた。ホルンが問題を起こすたびに、親の顔が見たい、家族の顔が見てみたいと思っていたけれど、まさか……いえ、失礼」

「お気になさらず。身内でもそう言いたくなる気持ちはよくわかります」

副リーダーは、ようやく俺のことを問題児の弟と認め始めた。思わずこぼれた言葉が失礼だと自覚するも、今度は俺がそれを認めた。だって本当に言いたくなる気持ちがわかるから。

「……失礼ついでに聞くけれど、ご両親はどんな方なの？」

問題児を育てた親を気にするくらいには、姉はいろんなことをやらかしているらしい。

正直姉の所業は聞きたくない。

果たして王都で何をしてきたのか、俺には聞く勇気はない。あまり言いたくもない。

……そういうわけにもいかないか。この状況で何も話さないって選択はできない。

「普通だと思いますよ。貧しい村の出なので、やや放任だったとは思いますが」

アルバト村は、ぎりぎり食うには困らないが、自然災害などで農作物の収穫量が減れば普通に飢える、というくらいの貧乏な村だ。

特に大葱以外の特産もあるわけじゃなし、作物の出来がすこぶるいいというわけでもなく。

一応、毎年わずかずつ蓄えができて、収穫量が足りなければほかの町や、それこそ王都から食料を買う、みたいな対処をしながら食い繋いできた。

あんまり意識したことはなかったが、考えてみると演説に命を懸けている村長の手腕も悪くはなかったのかもしれない。

「大体のことはレクストンからも聞いていると思います。概《おおむ》ねその通りなので」

レクストンは村で二番目のバカで、嘘を吐《つ》くタイプではなかった。ごまかすことはあっても嘘などを吐いたりはしていないだろう。

「はあ……それにしても、これがあのホルンの本当の家族の実弟の弟の血の繋がった弟……」

いつまで驚いているんだろう。……え、そんなに？　そんなになのか？

「弟がいるとは聞いていた」

と、副リーダーよりは幾分冷静な、無精ヒゲのおっさんが口を開いた。

「レクストンも、ホルンと弟は似てないとは言っていたが。……なんつーか、おまえさんからは教養みたいなのを感じる。本当に同郷か……いや、育ちが同じ家庭なのかさえ疑問だぜ」

はあ。教養。

「教養があるかどうかはわかりませんが、村にいる狩人の弟子として、師から様々なことを学びました。簡単な文字、数字、計算、ほかに常識なども含まれるでしょうか。

もし姉と違う何かを感じるなら、その辺の差があるのかもしれません」

狩人の仕事は、獲物を狩るだけではない。

狩った獲物を必要な人に渡す――村では物々交換だったが、村に寄ってくれる行商人などには、金銭で売ることになる。

文字が読めない数字がわからない計算ができないでは務まらないから、と言われて教えてもらった。

騙されたり、適正な価値で取引されなかったりと、損をするだけだから覚えろと言われ、言われるまま教わった。

なお、常識は……師匠の自慢混じりの雑談は、話半分に聞き流していた。

付き合った女の話だの奥さんとのなれそめだの、すべて合わせれば五百回は聞いている。さすがにもういい。そもそもあんな熊みたいな大男がさほどモテたとも思えない。奥さんは男を見る目があったとは思うが。師匠のことは尊敬しているし、信頼もしている。でもモテてはいないと思う。

それとこれとはまったく違う話だから。

「狩人か。なら弓とか使えるんだな。……確かに何かしら武具に通じているのはわかる。肉体の仕上がりが一般人じゃないよな」

無精ヒゲは、堂々と俺を分析している。

……うーん。

あんまり自分のことは話したくないし、観察なんてもっとされたくないんだが……

この状況で逃げるわけにもいかないからなぁ。

なんとか俺の話から姉の話に移行したいが、どうも話を差し込む隙がない。

「弓ね。……そういえば、最近メガネの狩人が噂になっていたわね」

　無精ヒゲが対応している間に、副リーダーも冷静さを取り戻してきている。二人もの相手から会話の隙を突いて話をねじ込むのは困難だ。お茶をいれてきて隣に座ったライラは、置物みたいに何も言わないし。

　しかも、嫌な流れだ。

　話が面倒な方向に行きそうだ。

　そうだよな、ライラが噂を聞いて接触してきたくらいである。

　冒険者という職業柄、強い人や腕の立つ人の噂に敏感なのも当然。腕のいい冒険者チームなら尚更だ。

　このままいくと、俺のできることやらできないことやら、狩りの遍歴みたいなものまで質問されてしまいそうだ。

　答えたくはないが、ないけど、……答えないわけにもいかないだろう。

　答えるけど、なんとか曖昧に濁したりできないか。そういう方向でなんとかならないか。

　さてどうする、強引にでも一度退却してしまおうか。

　そう考えた時、救いの手がやってきた。


「――ふぁ……あーあ」

　内階段を上った二階の個室の一つから、一滴の赤を加えたような色の金髪の女性が、大あくびをしながら出てきた。

かなり薄着である。

どうも昼過ぎという この時間まで寝ていたようだ。

そういえば、ライラを除いて倉庫にいた気配は三つ。副リーダー、無精ヒゲのおっさん、そして彼女が三人目か。

だらけて気が抜けているようにしか見えないが、それでも強者の気配がする。

「――おーいホルンー。メシ行くぞー」

眠そうな顔して、眠そうな声を上げ、足取り怪しく階段を下りてくる。

白いタンクトップ一枚に……おい。下は下着か。完全に下着姿じゃないか。パンツ一丁じゃないか。……青と白のしましま？　都会の下着はああいうのなのか。都会の洗練されたデザインってやつだな。

「ちょっと待った！　アインさんちょっと待って！」

俺の隣にいたライラが慌てて立ち上がり、降りてこようとしている女性に駆け寄る。これ以上先に進ませまいと身体を張ってブロックだ。

「お、ライラもいたか。よし、メシ行こう」

「いやそれよりお客さん来てます！　服を着て！」

「服？　ちゃんと着て……あれ？　短パンどこだ？　寝てる間に脱いだか？　……まあいいか」

「よくない！　お客さん！　来てる！　来てるから！」

下着姿でも動じない女。

溜息を吐いている副リーダー。

頭を抱えている無精ヒゲ。

そして、お客さんである俺。

たぶん、この中でライラが一番正しい反応をしていると思う。

「でも腹減ってるし……メシは行かないと」

「行ってもいいから！　服を！　着て！」

…………

――このチーム、うちの姉の他に、もう一人問題児がいますか？

ストレートに聞きたかったけど、さすがに言えなかった。

「…………大変お見苦しいものをお見せしました。うちのメンバーがごめんなさい」

腹が減ったと訴える下着姿の女は、結局ライラに押されて出てきた部屋に戻されてしまった。

しばしの沈黙の後、副リーダーが、気の毒に思えるほど沈痛な面持ちでそう言った。ごめんなさい、と。

――だが、俺にとってはチャンスである。

話が途切れたばかりか、雰囲気や空気までぶち壊しになった。

「急に来たこちらのせいです。こちらこそ申し訳ありません」

と、俺は自然な流れで、そうとても自然な流れで立ち上がる。誰がどう見ても自然な席の立ち方だ。異論は認めない自然さだ。ああ自然。自然だね。

「やはり約束を取り付けてから来るべきでした。今日のところはこれで失礼します。近い内に、今度はリーダーさんがいる時に来ますので」

「……そう、ね。なんだか話をする雰囲気でもなくなったし、仕切り直しましょうか」

よかった。俺の提案は受け入れられた。

「明日の晩……いや、微妙ね。明後日《あさって》の午前中ならいるから。話を通しておくわ」

「では明後日の午前中、また来ます」

「失礼します」と頭を下げ、俺は「夜明けの黒鳥」の拠点から脱出するのだった。


倉庫から出たところで、追手が掛からないよう大通りまで全力で走り、ようやく息をつく。

よし、なんとか無事に退却できたな。

滞在時間も驚くほど短かったし、また行かなければいけないので結局何をしに行ったんだという感じもあるが、雰囲気などを摑《つか》めたのは重要である。

特に、「ホルンの身内」を見るあの目とあの反応。

副リーダーや無精ヒゲのあの反応を見るに、姉の迷惑の掛けっぷりは、土産くらいは持っていかないと誠意が足りない。誠意は伝わろうともそれがまったく足りない。

手土産が必要だ。絶対に。

顔を見せて頭を下げる挨拶程度じゃ、全然足りない。家族として俺の気が済まない。

何せあの姉を預かっている人たちだ。

たとえ下げる頭が地面にめり込んでも、下げるだけではダメだと思う。心底思う。あの姉だぞ。あの姉が他人様《ひと》に世話になっているという事実が目の前にあったんだぞ。よく考えると気が重いのを通り越して胃が痛くなるほどのことだぞ。

もうホルンのことは慣れてまーす、みたいな顔をしてくれたのならまだしも、あの反応は……やれやれ。やはりホルンはホルンだったな。

となると、やはり手土産は獲物になるか。

狩人であることも話してしまったし、その辺の店で買えるような珍しくもなんともないものを、この辺に住んでいる人たちに持っていってもあまり意味がない。

大物とは言わない。

だが、小物では足りない。十数人所帯って話だし、雉を二、三羽持っていったって腹の足しにもならないだろう。

——狙うか。少し大きいのを。

これからの活動方針を決めた俺は、そのまま狩猟ギルドへと足を向けた。

そこそこの獲物なら、シカかウサギ辺りが良さそうだ。

情報があればいいな。

「――失礼」

おっと。

狩猟ギルドに入ろうとした時、出入り口から出てきた人とぶつかりそうになった。

黒い中折れ帽に革のベスト、黒いズボンという、見るからに品の良い紳士だ。刈り揃えたヒゲも眉毛も白いので、初老と言っていい年齢だろう。細くて背が高い。もしかしたら貴族って人種なのかもしれない。

一瞬目が合ったものの、老紳士はすっと俺の横を通り過ぎていった。

……初めてだな。この寂れた狩猟ギルドで受付嬢以外の人を見たのは。

それにしても、あの雰囲気――

「いらっしゃい」

足を止めた状態のまま、振り返ることなく今の人物のことを考えていると、今日もだらけた受付嬢に声を掛けられてしまった。

今の人、若干気になる。

気になるが……あえて気にしないでおこうかな。

たとえば、ぶつかりそうになるまで気配を感じなかったとか、そこの路地を折れたところでまた気配が消えたとか。

足音さえしなかった、とか。

気にはなるけど気にしないでおこう。

冷静に考えると、あの老紳士も狩人だと考えれば、あまり不思議じゃないし。狩人なら狩猟ギルドに出入りしていても不思議じゃない。俺もそうだし。

そういえば、師匠以外で会った狩人は、今の人が初めてなのか。同じ狩人として気になるのは当然なのかもしれない。

まあ、もう気にしないけど。

相変わらず誰もいない狩猟ギルドに踏み込むと、俺は頬杖をついている受付嬢に言った。

「魔物の情報が欲しいんだけど。シカかウサギで」

通常の動物ではなく、魔物の方である。

通じるかどうか怪しいかな、と思ったが、受付嬢は態度に似合わず即座に返してきた。

「六角鹿《ろつかくじか》と刺歯兎《しがうさぎ》でいいの？　ちょっと待ってね」

あ、通じた。

まさしく俺が欲している獲物を口にした受付嬢は、地図を広げ出す。

「刺歯兎《しがうさぎ》の情報は入っているわよ。でも、だいぶ森の奥みたい」

やった。ウサギがいるみたいだ。

何度か表面を撫でる程度には踏み込んでいる、あの南の森の地図である。奥地にまでは行ったことがないが、今の俺ならなんとかわかる。

個人的に狩場にしている川も地図に記載してある。起点がわかれば大体どこでも行ける。

それと、焚火の跡だ。

ライラと行った時、彼女は焚火の跡を追うようにして進んでいた。

地図にもそれが載っているので、やはりあれが森の目印でもあるわけか。

「この辺に居るみたいよ」

受付嬢が指したのは、やはり行ったことがない深い場所である。赤熊を見つけた場所より更に奥だ。

「メモしていい？」

「どうぞ」

前に自分で書き写した地図に、焚火の跡と、地図に記載されるほど目立つのであろう崖や大岩、橋や水場といったものも目印として記入しておく。

「だいじょうぶ？　刺歯兎《しがうさぎ》は一ツ星の冒険者が数名で狩る獲物だけど」

「たぶん」

赤熊もそうだが、刺歯兎《しがうさぎ》くらいなら、村の近くの森で狩っていた。油断しなければ普通に大丈夫だろう。

まあ何より問題なのは、森の奥にいることが多いから、探すのが困難だという点だ。そして相手が自分より強いと悟るとすぐに逃げること。

個体の強さもあるが、何より「探しづらい」のと「逃げる」という点が、刺歯兎《しがうさぎ》という魔物の狩猟率を大きく左右している。

強さだけで比べるなら、一ツ星の冒険者一人でも勝てるのではなかろうか。

冒険者が複数名必要というのも、逃げるのを阻止したり逃げる前に一気に仕留めたり、追いかけたり、そもそも遭遇できないので探す人手になるからだろう。

「狙うの？　ギルドに卸してくれる？」

「ごめん。贈答用だから」

「そ。残念」

さして残念でもなさそうに、受付嬢は力なく笑うだけだった。

「赤熊と一緒で狩猟したって情報は買うからねー」という声に見送られ、俺は狩猟ギルドを出たのだった。


リミットは明後日の午前中。

移動時間と捜索範囲、行ったことのない森の奥まで行く、そして帰ってくる。

すべてを加味すると、今日の内から動いた方が良さそうだ。

まだ昼を少し過ぎたくらいである。時間はある。

準備を整えて、森の近くで一晩明かし、ウサギを狩るのは明日にしよう。

問題が起こらなければ、半日くらいで決着は付くはず……明日の夜には帰って来られるはずだ。


——見つけた。

森に入って半日掛けて、ようやく探していた刺歯兎《しがうさぎ》の巣を発見した。

準備をして森へ向かい、一晩明かした早朝から、未踏だった森の奥へと踏み込んだ。

狙える動物や虫などを全部見送り、狙いである刺歯兎《しがうさぎ》を探し続けた。

好物である草が齧《かじ》られた跡、新しい糞《ふん》などはすぐに見つかったが、どうもしばらくこの辺を住処《すみか》にしているようで、痕跡が追いづらかった。

新しい痕跡を、更に新しい痕跡で塗りつぶすように交錯し、図らずとも追跡者を撒くような軌道になっていたのだ。

だが、小高い崖の下に洞穴――巣を見つけることができた。

中に何者もいないことを確認し、侵入して調べる。

敷いた草や抜け毛の色やらで、最近も使われている刺歯兎《しがうさぎ》の巣だとわかる。ウサギは魔物にしては珍しく草食獣なので、生き物の食べ残しや骨などもなかった。まず間違いないだろう。

ここまでわかれば、もう狩ったようなものだ。

臭い消し用の葉をすり潰して撒いて俺の痕跡を消すと、高めの木の上に登って、洞穴が見下ろせる枝の上で待機する。

刺歯兎《しがうさぎ》は昼行性だ。

陽が落ちてくれば巣に戻ってくる。

それからしばらく待ち、陽が傾き、木々が落とす影と夜の気配で森が暗くなってきた頃、待ち望んでいた刺歯兎《しがうさぎ》が帰ってきた。

白と灰色のまだら模様の毛皮、聴力に優れた長い耳。

そして口に納まらない犬歯のような長く大きな牙。

うん、立派なウサギだ。

ウサギにしては大きいが、熊よりは小さい。だいたい狼くらいの大きさだ。

だが、俊敏性は狼よりも優れている。

それに好戦的な性格で、発見したらいろんな動物や魔物、人間にも襲い掛かる。そのくせ勝てないと踏んだ時の逃げ足が速い。よくよく考えると結構嫌な奴だ。

仕留めるなら、逃げる間も与えず、一撃で。

それが理想である。

――まあ、普通にやればだが。

俺は狩人だから、真正面からまともに相手をする理由はない。

「……」

刺歯兎《しがうさぎ》は周囲を見回し、耳を動かして音を探り、外敵がいないことを確認してゆっくりと巣に入っていった。よし、俺には気づいてないな。

俺は矢を一本手に取ると、準備してきた革袋の口を開け、矢尻を突っ込む。中に詰めた粉をたっぷりと塗した。

ホズ茸というしびれ茸を乾燥させた粉末である。

即効性が高いので、撃ち込めばすぐに効く。そしてすぐに効果が消えるのも特徴だ。あのサイズなら一本で充分事足りるだろう。

本当は液体の方がもっと効くが、翌日には食べることを考えるならこっちだ。贈答用だから。

もちろん、麻痺毒が効いている間に仕留めるつもりだ。動きの鈍ったウサギなら確実に仕留められる。

つまり、これを撃ち込めれば俺の勝ちだ。

外せばたぶん逃げると思うけど。

この状況で外すようじゃ、絶対に師匠に殴られるだろうなぁ。もちろん外す気はないけど。

……よし。勝負だ。

左手に弓を持ち、麻痺毒を付着させた矢を番え、右手で腰の革袋を外す。これは先日買った赤熊除けの「臭気袋」だ。

暗くなってきたので「メガネ」を暗視に変え、口をゆるく開けた「臭気袋」を刺歯兎《しがうさぎ》の巣に投げ込んだ。


…………


やっぱり臭いな。距離があるのにここまで臭う。

無事、洞穴の中で「臭気袋」が潰れたようだ。きっと盛大に中の粉が広がったことだろう。

待つまでもなく、巣から刺歯兎《しがうさぎ》が飛び出してきた。赤熊ほど鼻が効かなくてもあれは強烈だろう。

敵襲と見て血気盛んに飛び出し、周囲を見回している。

その首を狙って、矢を放った。

「ぎゅぅっ!?」

よし、入った。

狙い違《たが》わず刺歯兎《しがうさぎ》の首に矢が突き立ったのを確認し、俺は木から飛び降りた。

「――ギュォォォォ！」

外敵を発見し、刺歯兎《しがうさぎ》が怒声を上げた。

あとは麻痺毒が効いてくるまで逃げて、せいぜい毒を回してやるだけだ。


仕留めた刺歯兎《しがうさぎ》を担いで川まで戻り、血抜きをする。

もう陽が暮れた。

王都に帰るのは、やっぱり夜中になりそうだ。

簡単な夕食で腹を満たし、少し仮眠する。

すっかり世界が星空に染まる頃に目を覚まし、活動を再開。

星空の彼方に雨雲が広がっている。明日か明後日か、雨が降るかもしれない。

最近は全然降っていなかったから降ればいいのに。

そんなことを考えながら、血抜きを済ませた刺歯兎《しがうさぎ》を両肩に担ぎ、小走りで帰途に就く。

――問題が起こったのは、その時だった。

「っ!?」

びっくりした。

足がもつれて転びそうになるほど驚いた。ウサギを落としそうにもなった。狩人の端くれとして、決して獲物を粗末には扱えない。

はあ……色々と危ないところだった。

「今度はなんだよ」

俺はウサギを担ぎなおすと、「メガネ」を外してみた。

……うん。

光ってるね。レンズが。

星の瞬きのように点滅してるね。目に優しくない現象が起こってるね。

急に目が眩《くら》んだから本当に驚いた。何らかの攻撃を食らったとか、目がおかしくなったかと思った。

答えは、レンズが光ったから。

どういうことだよ。なんの現象だよ。攻撃とか目がおかしくなった方がわかりやすいよ。……そっちがいいとは言わないけど。

…………

とりあえず、もう一回掛けてみるか。

……だから見えないっての。眩しいっての。

……あ、見えた。光が収まったようだ。

…………

「…？　……？」

見える景色が、違う？

肉眼だと、星空の下、街道を進んでいて、遠くに王都らしきものがぼんやり見えるけど。さっきまで「メガネ」越しで見ていた景色だ。

でも、今は「メガネ」越しに見える景色が、まったく違って見える。

左手に星空、右側に……地面、か？　暗くてよくわからないが……

この見える景色だけで言えば、ここじゃないどこかで、「横倒しになって見ている景色」だ。

屋外だな。それも王都内ではないだろう。

建物もなく、こんなに遠くまで見える見通しのいい場所なんて、王都の中にはないと思うし。それに「見える景色」の先の方には木々らしきものも見えるし。

「……ん？」

不可解な景色に、何かが映り込んだ。遠くてはっきり見えないが……人影か？　木々の中を動いているな。たぶん一人だと思うが。

…………

見える景色だけで言えば、ものすごく嫌な予感しかしない。

これは、今、誰かが見ている景色か？

いや、推測するべき情報は一つだ。

この「メガネ」だ。

これがすべてのカギであり、これに起こる現象のすべてが「メガネという素養」の範疇《はんちゅう》にあるはずだ。

「メガネ」が俺に何かを伝えたいと言うなら、俺にわからないわけがない。

これは「俺の素養」なんだから。

…………とは思うが、現状何も変わりはない。まさに「メガネ」を使いこなせず「メガネ」に振り回されているという状態だ。どんなメガネだ。

何かが起こっているのはわかる。

「メガネ」が何かを伝えたいのも理解できる。

問題は、「どこ」を映しているかがわからないってことだ。

……たとえば、こう、見回してみて、「見せられている景色」がどこなのかわかれば――あ、わかった。あっさりわかった。

とある方向を向いたら、景色が「こちら」に戻る。俺の見ている景色に戻る。

そして視線……いや、「メガネの先」に、さっきのように点滅する光が見える。距離からしてだいぶ遠いようで、星屑《ほしくず》のような小さな光だが。

きっと「メガネ」は、この光の方向へ行けと言っているのだろう。

何が起こっているかはさっぱりわからないが、人が事件や事故に遭っているかもしれない予感は、ひしひしと感じている。

迷いはあるが、即断はできる。

「……人命優先だよな」

辺りに人はいない。

行商人でもいたら、お金を払って預かってもらったり運んでもらったりの交渉もできたと思うが……仕方ない。

俺は担いでいた刺歯兎《しがうさぎ》を置き、光点のもとへ全速力で走り出した。

「……うーん」

面倒ごとの臭いがする。

大まかに、王都ナスティアラには十字に通る大通りと、そこから外へ続く街道がある。

一般人は北と南の門を利用するが、貴族や他国からの賓客、王室御用達《ごようたし》の商人やその他関係者は東西の門も利用して、王都に入ることもできるそうだ。

東西の門は、いわゆるお偉いさんだけの出入り口である。

だから東西の街道を来た一般人は、北か南の出入り口へと回り入国することになる。もちろん俺も一般用の入国門を利用しているが。

俺が狩場にしているのは、南の森である。南側の門を出て、そのまま南へ続く街道をまっすぐ進むことになる。

「メガネ」が導くまま光の点滅を追うと、東側の街道に出た。まったく知らない道ではあるが、道幅も広く取られていて道の先に王都も見えるので、間違いなく街道である。

そのまま道を走り続けると――点滅する光が大きくなるにつれ、不穏な気配が漂い始めた。

まず、街道に転がった車輪だ。恐らく馬車のものだろう。

左右を林に臨む街道は、右手側がゆるやかな斜面になっている。

光は、その斜面の下にある。

「馬車の事故……？」

上から覗けば、大きな四角いものが転がっているのが見えた。あれは、恐らく馬車だろう。

パッと見では、走っている馬車の車輪が外れて車体が斜面を滑り落ちた、ってところかな？　緩やかな斜面だけど、スピードが出ていればそれなりの事故にもなるだろう。横転もしたかもしれない。

「メガネ」を「暗視」に切り替え、転がっている馬車と周辺を見る。

赤い光がぼんやり浮かび上がる。

動物ではなく、人形《ひとがた》の光だ。

二人。

一人は車体から離れたところに倒れている。

もう一人も倒れていて、片足が馬車の下敷きになっているようだ。

俺が追ってきた光点の出所は、下敷きになっている人の近くからだ。……はっきり光の出所を視認したせいか、光はすーっと消えてしまったけど。

えーと。

助けた方がいいんだよな？　二人とも動きがないし。明らかに事故があって怪我をして動けないという有様だし。

でも、反対側の林の方に、いろんな気配も感じるんだよなぁ。

下の二人は、俺が行ったところですぐにどうこうできないかもしれないし、それなら反対側の林の揉め事を処理した方が、結果的に早いかもしれない。

……いや、俺を呼び出したのは下の人だしな。まず下の方に行ってみよう。

「光るメガネ」の謎も、わかるかもしれないし。


謎はすぐにわかった。

「……なるほど、『メガネ』で繋がったのか」

馬車の下敷きになって倒れている人……同い年くらいの女の子は、かつて俺が生み出した「メガネ」を掛けていた。

そう、俺が生み出した「メガネ」だ。間違いなく。

うーん。

要するに「メガネ同士」の共鳴というか、何かしらの繋がりがあるんだろう。

思いっきり噛み砕いて言えば、元々が「魔法のメガネ」である。……かなりバカっぽい響きだけど、本当に文字通りそのままの意味を持つ物質である。

そうじゃなければ、色を変えたり、奇襲の成功率が数字になって見えたり、動物が赤い光となって物質を透かして見えたりなんてしない。

それらの特徴と同じように、「魔法のメガネ」がほかの「魔法のメガネ」と繋がっている、というだけの話なんだろう。

光ったのは……なんだろう?

「メガネ」が、自分が壊れる危険を察して助けを求めた、とか?

………

「メガネ」が、ではなく、「メガネを掛けた人」が、と考えた方が自然かな。

いくら「魔法のメガネ」でも、意思はないだろうから。

「……う、ぅ……」

あ、意識が戻ったか?

「大丈夫?　手を貸そうか?」

と、俺は俺の知らない巡り合わせで、「俺のメガネ」を手にした女の子の傍らにしゃがみ込む。

あーあー、頭から血も流しているなぁ。やっぱり事故かな。怪我してるなぁ。頭を打っているようだから、下手に動かさない方がよさそうだ。

「……え……誰……?」

意識も朦朧《もうろう》としているようだが、簡単な意思の疎通はできそうだ。

「通りすがりの者だよ。いらないいなら帰るけど」

さすがに本人が「助けなんていらない」と言えば、俺が手を貸す理由はなくなる。師匠だって「できる限り人は助けろ」とは言っていたが、親切の押し売りをしろとは言わなかったし。

狩猟した刺歯兎《しがうさぎ》が忘れられない。

丸一日以上を費やした、大事な獲物だ。そう簡単に諦められるわけがない。

まだ置いてからあまり時間は経っていない。まだ間に合いそうだ。拾いに行けばまだ間に合うと思う。きっと。俺はまだ諦めない。諦めない心が奇跡を生む。

しかし、女の子は、向こう——街道を挟んだ向こう側の林を、震える手で指さした。

「あ、あっちに、護衛が……たすけて……」

ああ、向こうの揉め事か。

気配だけで察するに、狼が数頭と、それを相手に立ち回っている人が一人いる。それが彼女の言う護衛だろう。

……護衛、か。

まあ、その通りなんだろう。

それも、かなり腕がいいみたいだ。

——その護衛は、俺の気配に気づいたようで、とんでもない速さでこちらに向かってきているから。

「動くな！　貴様は誰だ！　そこで何をしている！」

声は鋭く、隠そうともしない殺気が躊躇なく俺に向けられる。

向こうの林で狼どもの相手をしていた護衛の人であろう女性が、正体不明の人物……つまり俺を、敵か味方か見極めるために戻ってきたのだ。

俺は手を広げて、害意がないことを示しながら、ゆっくり立ち上がった。

「通りすがりだよ。邪魔なら消えるけど……星空の逆光でも特徴的な、どこかで見た金髪おかっぱ頭が見えた。

言いながら振り返ると……星空の逆光でも特徴的な、どこかで見た金髪おかっぱ頭が見えた。


都会の人はこういう髪型が多いのか、それともこれが洗練された都会の髪型デザインか、と密かに恐れ慄《おのの》いていたが、数日も王都をうろうろしていれば滅多にいない髪型と気づく。

彼女がどういうつもりであういう髪型をしているかはわからないが……まあ、とにかく、珍しくはある髪型である。然《そ》う然う似た髪型で荒事専門の女性なんていないと思う。

「……誰だ？」

やはり当たりか。

突然名前を呼ばれたせいか、白刃のような危うさを思わせる殺気が薄くなった。

ああ、あまり密集はしていないが、ここらも木々が影を落としている場所である。向こうからはよく見えないのだろう。

「エイルです。『メガネ』の。冒険者ギルドで食い逃げして料金を立て替えてもらった」

「……あ、あのエイルか！」

はい、そうです。

「それで君はここで何をしている？　悪いが、返答次第ではただでは済まないぞ」

護衛らしいセリフだ。

この状況で第三者がいるって、確かに疑わしいからね。事故に付け込んだ泥棒だと思われても仕方ないと思う。いわゆる火事場泥棒ってやつ？

「だから通りすがりだって」

でも俺の返事は変わらない。

実際には、突如光り出した「メガネ」に導かれてきたわけだが。

しかしそれを話すにしろ話さないにしろ、今はいいだろう。一度説明しただけでは通じないような不可解な現象でここまで来たのだ。

ちゃんと話すなら、こんな緊急事態では避けるべきだ。

まあそもそもを言えば、話す気はないけど。

「この時間に？　この時間に通りすがるのか？」

一般人が出歩くにはありえない時間であることは認める。王都内ならまだしも、魔物がいる街の外だしね。こんなところをただ散歩していた、なんて絶対にありえない話だし。

「俺は狩人だからね。獲物を狩って帰る途中だったんだよ」

「狩人？　……そういえば、君の部屋に弓と矢筒があったのは覚えているが……」

まだ半信半疑ってところか。

「判断に迷うのもいいけど、時間が惜しいのはお互い様だと思うよ」

「なんだと」

「見ての通り、怪我人が出てる。早く治療した方がいいんじゃない？」

それに俺も、早く刺歯兎《しがうさぎ》を拾いに行きたい。まだ間に合う。間に合うはず。それこそ向こうで狼だのなんだのに掻《か》っ攫《さら》われる前に戻りたい。奇跡を信じたい。

「邪魔なら消えるけど。俺はどうしたらいい？」

「――手を貸してくれ」

………即断かよ。ちょっとだけ「邪魔だ帰れ」って言ってほしかったな。

「わかった。狼は俺に任せて。ロロベルさんは怪我人をお願い」

速攻で狼どもを片づけて、刺歯兎《しがうさぎ》を迎えにいこうっと。

ロロベルと役割を交換し、馬車の事故現場を任せて俺は向かいの林へ向かう。

狼の数は、六頭かな？

一人で剣を使って相手をするには難しい数だ。

狼は頭がいい。そして数を生かした狩りをする。

たとえば、己より強い個体を、数の有利で覆したりする。

狼たちはロロベルの強さに気づき、本格的に仕掛けることはしなかったんだろう。

無視はできない、すぐに仕掛けられる距離を保ち、ロロベルが消耗するのを待ちながら勝機をうかがう。狼らしい狩りのやり方だ。

ロロベルは剣を武器にしているようなので、攻撃範囲に狼が入らない。だから仕留めるのが難しい。

しかも、林という場所も悪い。

たとえば、ロロベルの鋭い踏み込みなどによる一歩限定の短距離なら、瞬間的に狼の俊敏性を上回るかもしれない。

だが木々という障害物がある中では、単純に攻撃のチャンスが減る。下手に攻勢に出て身体が木にでも当たれば、その隙に狼に襲われかねない。

おまけに、ロロベル自身も、事故現場から狼たちを遠ざけるために、狼の足止めをしなければならなかった。

何せ動けなくなっている人が二人もいる。

庇いながら戦うよりは、狼を遠ざけて二人の安全を確保した方がいいと判断したのだろう。

――総じて言うなら、武器のミスマッチだ。

弓なら余裕で狙えるけど。


「……終わり？」

三頭目の頭を撃ち抜くと、勝ち目がないと踏んだ狼たちは突如向きを変え、遠ざかっていった。

村にいた頃なら、後々になって家畜や村人に被害が及ぶことを考慮して追いかけたりするんだけど、今回はいいだろう。

仕留めた狼を手早く回収し、街道に並べる。

狼の肉も食えるし毛皮も売れるので、これも立派な戦果である。

ただ、俺はまだ刺歯兎《しがうさぎ》を諦めていない。

命を比べるようでアレだが、狼よりも向こうの方が価値もあるし肉もうまい。何より贈答用だし。諦めなければ夢は叶うんだ。

「ロロベルさん、そっちどう？」

と、さっき別れた馬車の事故現場を見下ろすと。

「二人とも軽傷だ。気を失っているが」

倒れていた二人を並べて怪我の仔細を調べていたロロベルが、若干の安堵《あんど》を感じさせる少し明るい声で答えた。まあ命には関わらないことは俺も調べたが。そうか、軽傷か。よかったね。

「そっちは終わったのか？　早かったな」

「うん。俺もう行っていい？」

「もう少し手を貸してくれ。この人たちを上まで運びたい」

まあ、それくらいなら。

「馬車を引いていた馬がいない。恐らく王都に戻っているだろう。異常を察して誰かが迎えに来るはずだ」

ああ、助けが来るのか。

じゃあ俺が手伝うまでもなかったかな。

一人ずつ……小綺麗な格好のおっさんと、仕立ての良い服を着た女の子を運び、街道に横たえる。

…………

「厳密には違うが、あまり女の寝顔を見るなよ」

ん？

「この『メガネ』って俺がロロベルさんに渡したやつだよね？」

「……そうだよ。ところで寝顔を……なんでもない」

……？

「ごめん聞いてなかった。寝顔が何？　なんか言った？」

「何も言ってない。……言ってない！　ただの面白くない冗談だ！」

ああそう。なんでもいいです。

「じゃあ俺は行くよ」

「もう帰るのか？　どうせだから最後まで付き合ってくれ。まだ事情も話していないし、この後に何かあるかもしれない。戦える者がもう一人いると心強い」

気持ちはわかるけど、ここらが潮時だろう。

これ以上一緒にいると、俺も関係者として扱われてしまいそうだ。面倒やトラブルはあんまり好きじゃない。目立つのも嫌だ。

そして何より、俺はやっぱり刺歯兎《しがうさぎ》を諦めていない。夢を、希望を、奇跡を捨てられない。

それにだ。

「もう大丈夫だよ。こっちに誰かが向かってくるから」

王都がある街道の先に、小さな火が三つ見える。たぶん松明《たいまつ》かなんかを持って馬に乗った誰かだろう。兵士かな？

「もう迎えが来てるよ」

だから俺の出番はここまで。通りすがりの役目は充分こなしただろう。

「狼は好きにしていいから。じゃあね」

「おい、待て！　まだなんの礼もしてないぞ！」

そんなロロベルの声を無視し、俺は街道から林に入り、闇に紛れた。

よし、急いでウサギを拾いに行くぞ。


「――やった！」

大急ぎで南側の街道へ戻ると、俺が置いた刺歯兎《しがうさぎ》が、置いた場所にそのまま残っていた。おお、やった。何気に狩った時より嬉しい。

移動時間と、ロロベルたちの事情に関わっていた時間を併せても、そんなに経っていない。やはり夢は、希望は、奇跡は、諦めなければ起こるんだ。起こるんだっ。

俺は改めて獲物を担ぐと、王都へと走るのだった。


そして翌日。

「来たよ、少年」

朝も早くから、ロロベルが部屋にやってきた。

来そうな気はしていたけど……やっぱり来たか。

「あ、これから着替えたり風呂に入ったり出かけたりしますので、今日のところはお引き取り願えませんか。失礼しまーす」

「顔を合わせるなり即時それだけ言えれば大したものだ。嘘にしろ本当にしろ」

そりゃ来るかもしれないとは思っていたからね。完全に用意していた言葉である。

ロロベルは微笑《ほほえ》んだ。

「待つよ。いつまでも。ここで」

……強いな、ロロベル。肉体的にも強いけど交渉事にも強そうだ。したたかでふてぶてしそうだ。

「まあ真面目な話として、子供の使いではないからな。リーヴァント家からの呼び出しだ」

「あ、そういうの間に合ってますので。失礼しまーす」

「待て」

チッ……扉を閉めようとしたら足をねじ込んできやがった。

「言ったよな？　子供の使いじゃないんだ。そう簡単には逃がさんぞ」

…………

……面倒事は嫌なんだけどなぁ。

第八話　メガネ君、暗殺者に目を付けられる

「長い話など聞きたくないだろう。手短に説明する。

昨夜、馬車の事故があった。

狼に追われたせいで馬が暴れ、その影響からか車輪が外れて街道から転落。それで御者と乗員が怪我をした。

私も護衛として御者席にいたのだが、狼を足止めしようと馬車から飛び降りた直後に事故があってな。かなり焦ったよ。何もできなかったしな。

後は君が知っている通りだ」

強引に部屋に押し入られ、まったく興味がないことをロロベルはつらつらと語った。これで手短なのか。通常バージョンなんて絶対聞きたくないな。

「色々気になるだろうが、私の口からはあまり詳しくは話せなくてな。すまない」

あ、全然いいです。むしろ望み通りというか、願ったり叶ったりです。

「事情はわかりました。お帰りはあちらです」

「で、だ。先に言った通り、乗員……あの女の子だが、貴族の娘なんだ。リーヴァント家の娘で、ぜひ君にお礼がしたいから連れてきてほしいと」

「事情はわかりました。お帰りはあちらです」

「では一緒に行こうか」

「あ、なぜ腕を取るんですか？　大声出しますよ？　男の人を呼びますよ？　男の人に助けを求める悲鳴をあげますよ？」

「可愛い男の子を私が襲うパターンか？　経験はないが、……そういうのも嫌いじゃないかもしれない」

…………

「むしろ好きかもしれない」

…………

「やってみる？」

「やりません」

やっぱり強いなロロベル。嫌いじゃないと言われたらこっちが困る。実際襲われたら俺が困る。

……これが変な髪型をした都会の大人の女の強さか。恐ろしいものだ。

「ロロベルさん」

と、俺は手を握ってきているロロベルの手を外した。

「本当にこれから用事があるから。たぶん午前中いっぱい掛かると思う」

嘘か本当かわからない、とロロベルは言ったが、着替えたり風呂入ったり出かけたりするつもりだったのは本当の話である。

昨夜は、宿に帰ってからすぐに寝てしまった。泊まりがけの狩りはやっぱり疲れるから。

そして、考えなければいけないことは残っている。

たとえば、これから挨拶に行く「夜明けの黒鳥」のこととか、どうも「メガネ同士で繋がっていると思《おぼ》しきメガネ」のこととか。

特に後者は、考証と実験が必要になるかもしれない。面倒な話である。

「そうか。まあ真面目な話、君には聞きたいことが色々ある。あの時間に通りすがった理由や、狩人としての腕など。

結果として助けになったのは確かだが、疑わしい部分もなくはない」

…………

「たとえば、南の森で狩りをしている君が、なぜ東の街道を通りすがることがあったのか。

時間もしくは場所が重なる偶然は多々あるが、時間と場所がどちらも重なるとなると、必然を疑うのは仕方ないだろう。

それも含めて、君には聞きたいことがある。……と、リーヴァント家は考えている」

ふうん。

「それ、この段階で俺に話してよかったの？　もし偶然じゃなくて故意だったら、嘘の言い訳を考える時間を与えることになるんじゃない？」

「構わんよ。根拠のない勘だが、私個人は君を疑ってないからな。

——ただ一つだけ言えることがあるとするなら、この世界には『嘘を見抜く素養』を持つ者がいる。でっちあげるなら嘘を吐かないで済む理由を考えることだ」

……へえ？

「このタイミングでそんな『素養』の話をするなんて、逆にそれを話すことが主目的の一つに組み込まれていたみたいだね」

一見親切にも思えるが、実際は親切だとか口が滑ったとかではなく、最初から計算ずくで話した可能性を感じる。

だってロロベルの話をそのまま信じるなら、「嘘を吐けば」見抜かれて疑われるし、変に誤魔化せば普通に疑われるし。

言い訳も「嘘が含まれれば」すぐにバレるし。

結果、「真実以外を話せば全部疑われるけどどうする？」と言われたのと同義だ。

そう考えると、ロロベルは暗に「最初から嘘も誤魔化しもせず真実を話して早く済ませろ」と言っているみたいだ。無駄な問答をさせるな、と。

「それは想像に任せるよ」

否定はしない、と。

……思ったより面倒なことになりそうだな。

「ところで、午前中は何をするつもりだ？　用事があると言っていたが」

察するに、アレだ。

「俺に張り付くつもりだね？」

「逃げないでくれよ。君を追いかけるのは骨が折れそうだ」

うーん。

お貴族様が関わっているのが明確になっちゃったからなぁ。逃げるのはまずいだろうなぁ。行かないわけにはいかないよなぁ。

「これから『夜明けの黒鳥』の拠点に行くんだ」

「ああ、そういえば『悪魔祓いの聖女ホルン』を捜していたな。同郷だという話だったか？」

やはり「聖女」呼ばわりが未だどうしても引っかかる。むしろホルンを「悪魔」と呼んだ方が似合いそうなのに。……悪魔ではないか。やっぱり野生児が近いかな。

「今日の午前中に訪ねるって約束を取りつけてあるから。それに合わせて一昨日から狩場に出て、昨日の夜ウサギを狩った。

ロロベルさんと会ったのは、その帰りだよ」

「知っている。簡単にだが、君の行動は調べたからな」

そうか、調べたか。さすが貴族って感じだな。

まあでも、俺もそんなに隠してはいないから、足取りを追おうと思えば簡単だっただろう。

狩猟ギルドにはちょくちょく顔を出していたし、宿は割れているし、意外と長い王都滞在となったから行きつけの食堂もできたし。

増やしたくはないが、顔見知りもできてきた。ロロベルも一応その中の一人だったし。

ちなみに刺歯兎《しがうさぎ》は、さすがに丸ごと部屋に持ち込むのはいけないと言われて、宿の保存庫に保管してもらっている。別料金を取られた。都会はなんでもお金が掛かる。

「では、私は『黒鳥』の拠点で待とう。準備があるだろう？　一旦離れる」

「そのまますれ違って会えなくなるかもしれないけど仕方ないよね」

「ははは。その時は村まで迎えに行くよ」

逃げたら故郷まで追いかけるって釘刺されたよ……


「やった！　このウサギうまいんだよね！」

「待て。ま……ちょっと待てって！」

しかし奴は待たなかった。

抵抗むなしく、肩に担いできた刺歯兎《しがうさぎ》は姉に強奪された。

うん、まあ、元々挨拶の手土産だから掻っ攫っていくのは構わないんだ。そのつもりで持ってきた。あげるつもりで持ってきた。……そのつもりで持ってはきたけどさ。

でも、ダメだろう。

まずトップに、リーダーに挨拶しつつ持ってきましたよって見せて、回収はそれからだろう。

まだ挨拶もしていないし、なんなら誰も何も言っていない内から、なぜホルンが真っ先に動くんだ。この状況でどうして動ける。あなたの弟があなたの顔を立てるために挨拶に来てるんだぞ。いや俺のことよりリーダーだろ。なぜリーダーの顔を立てようとしない。

「……」

「……」

ほら見ろ。リーダーと副リーダーのあの顔。

特にリーダーなんてきっと俺たちの親くらいの年齢だぞ。年上にあんな悲痛な顔させといて平気なのか。平気でいられるのか。それでも人間か。……俺の姉だったか。

……平気云々の前に、振り返りもせず、ホルンはウサギを小脇に抱えて倉庫から出ていってしまった。

あの姉なんなの。なんなのあの姉。……あ、俺の姉だったか。悲しいことに。

…………

およそ十人近い冒険者――王都で屈指の冒険者チーム「夜明けの黒鳥」のメンバーが集まっている中、挨拶に来た俺の、挨拶に来た理由だけがいなくなってしまった。このすばらしい放置っぷりはなんだ。全員が気まずく全員が傷つくというこの現象に名前を付けたいと思うが、適当なものが見つからない。

だが、あえて言おう。

「はじめまして。アルバト村のエイルと言います。姉のホルンがこちらでお世話になっていると聞き、挨拶に来ました」

平然と。何事もなかったように。

「挨拶に際し、ウサギを持ってきました。どうかお納めください」

そう、最初から姉はここにはいなかったという体で。

――そして、俺の「こういう方向で進めますよ」という態度を、「黒鳥」の人たちも察してくれたようだ。

「よく来た。私は――」

「アイン！　おいアイン！　なんで来ないんだよ早く来いよ！　さばいて！」

姉、リターン。

恐らく名前を呼ばれたのだろう赤の混じった金髪の女が、のんびり答えた。

「今取り込み中だー。すぐ行くから包丁用意して待っててよー」

「わかった！　早く来いよ！」

そして姉は再び消えた。

「……つーかあいつにとっても取り込み中のはずじゃね？　なんでここいないの？」

いなくなった背中にぽつりと投げかけられた言葉に、メンバーの何人かが頷いていた。

なんて奴だ。

リーダーの声を遮って乱入し、あっという間に再び去っていった。いやがらせにしか思えないタイミングだ。まああの姉のいやがらせにしては高度すぎるやり方なので、偶然だと思うが。

……この気まずい空気をどうしてくれるんだ。言いかけてたリーダーも苦々しい顔をしているし。

どうしてくれる。

……まあ、どうしようもないな。

「――はじめまして。アルバト村のエイルと言います。姉のホルンがこちらでお世話になっていると聞き、挨拶に来ました」

どうしようもないと思ったので、最初からやり直した。

ほんとあんな姉ですみません、と思いながら。


約束通り、「夜明けの黒鳥」の拠点を訪れていた。

先日来た時、フードを被った副リーダーが座っていた出入り口から正面に位置する椅子には、今日は白いものが交じり出した非常に大柄な男が座っている。

恐らく、あれが「黒鳥」のリーダーだ。

歳は、四十を超えているだろう。上背も肉体も、これまでに見てきたどんな屈強な男よりも大きい。師匠も大きかったが、この人の方が更に大きい。服の下にある強靭《きょうじん》であろう筋肉の厚みもすごい。

そしてどこか品がある。長い髪を後ろで縛り、整えたヒゲを伸ばし、深い青の眼光は鋭い。だが荒くれ者の冒険者ではなく、どこぞの国の騎士のように思えた。あくまでも俺の印象だけど。

「メガネで見る」までもなくあれは強い。俺が出会った生物の中でも一番強いと思う。

もちろん、魔物なども含めてだ。

「んんっ――」

二度ほどやらせてもらった俺の挨拶の意味を察し、リーダーは咳払いで苦々しい顔を払拭した。

「よく来た。私は『夜明けの黒鳥』の頭、リックスタインである。盟友ホルンの家族として君を歓迎する」

「ほんとうに？」

思わず聞き返してしまった。

あんなことの後だから、あんなことの直後だから。あんな姉の行動の直後だから。

「本当に歓迎してくれます？　俺はあの姉の弟なんですけど」

「…………もちろんだとも」

なんか逡巡《しゅんじゅん》した気がするけど、リーダー・リックスタインは頷いた。

「だが、まず先に言おう」

リーダーは、何を置いても俺に伝えたいことがあるみたいだ。なんだろう。姉への苦情かな。

「君がどう思っているかはわからんが、ホルンは我らが気に入り、歓迎し、信頼して傍に置いている。過度の気遣いは無用だ。…………今回のウサギは、その、遠慮なく受け取るが」

遠慮なく受け取るも何も、すでに受け取ってますからね。

過度の気遣いはいらないと言った直後に、事後承諾で「受け取りました」と言うのであれば、若干の気まずさもそりゃあるだろう。しかもリーダーの指示も聞かずにメンバーがやっちゃったし。

まあ、やったのは俺の姉ですが。

やはりどこか微妙な空気が残っている気がする。

「まあ座りなさい。皆、あのホルンの身内が挨拶に来ると聞いて、時間を作って君を待っていたのだ」

あ、そうですか。

親の顔が見てみたい、どんな弟が来るか怖いもの見たさで知りたい、果たしていかなる家庭や家庭環境に育ったか聞いてみたい、そんな気持ちがみなさんにたくさんあったんですね。十数人いる冒険者チームで十人出席ってすごい率だと思うし。

まったく。

うちの姉がすみません。

その後、いろんな人と話をした。

まあだいぶあのホルンの弟という好奇の目で見られていたが。

意外……というべきなのか、幼馴染のレクストンが言っていた通りと言うべきなのか、ホルンは意外とメンバー内で受け入れられているようだ。

たとえるなら、「めんどくせーけどもうあいつのことはいいわ。あいつそういう奴だわ」という、迷惑込みで姉の存在を認めている気がする。

うちの村でもそんな感じだった。

同じ人間同士ではなく、手が掛かるペットくらいに認識するとグッと付き合いが楽になる、そんな感じだったから。

そもそもを言えば、リーダーの挨拶からして、「すでに身内だから」って感じだった。

ホルンはいい人たちに拾われたんだなぁ。

そんな中、

「自分に似た弟がいるって何度か聞いたけど、本当に似てるんだねー」

アインリーセ——前に来た時に寝起きで出てきた下着の女性が、特に姉と仲が良《い》いらしい。まあいきなり不本意なことは言われたけど。好きで似ているわけじゃないですけど。

雰囲気はかなりゆるい感じがするけど、当然のように強いのがすぐわかった。まあそれに関しては、一応ここにいるライラを除いて、全員実力はあるようだが。レクストンも結構強そうだしね。

「アインさん、ホルンが待ってるんじゃないか？」

レクストンが、さっきリターンしてきた姉とのやり取りをアインリーセに告げる。

「そうだった」

と、彼女は面倒そうに立ち上がった。

「あいつ目を離すと生肉でも行くからなー……せめて生焼けで食えばいいのに」

生焼けでもダメだと思うが。冒険者ってたくましいな。

冒険者たちとの話もそこそこに、俺は席を立った。

「すみません、これから用事がありまして」

流れ的に「一緒に昼食でも」みたいな単語が出始めたからである。あと人にじろじろ見られるのが非常につらいからでもある。客として気を遣われているのもわかるが、それとこれとは違う話だから。

まあこれに関しては、全面的に我慢して耐えようとは思っていたが、

「今朝まではゆっくりできる予定だったんですが、急遽《きゅうきょ》予定が入ってしまったもので」

本当に用事ができたのだから仕方ない。

ここに来る途中では会えなかったし、まさかとは思ったが「黒鳥」の住処の中でも会えなかった。だからきっとロロベルは、この倉庫付近で普通に俺を待っていると思われる。

特に時間の指定はなかったが、貴族が呼んでいると言っていた。あまり待たせてはいけない相手である。田舎者にだってそれくらいはわかる。決して「用があるならおまえから来い」とか言ってはいけない相手である。心の中で思うだけに留めておこう。

その辺を考えると、昼前には呼び出しに応じた方が無難だろう。

「わかった。君の顔と名はこの場の全員が憶えた。またいつでも来なさい」

堂々と構えているリーダー・リックスタインの言葉を受け、俺は「黒鳥」の拠点を出るのだった。

ちなみに姉と、姉を追いかけていったアインリーセは、結局戻ってこなかった。まあ特に話したいこともないので問題ない。

いや、アインリーセと姉は特に仲が良いと言っていたっけ。

メンバーの中でも、特に迷惑を掛けられているだろうアインリーセには、一言お礼やお詫びを告げてもよかったかもしれない。

まあでも、会えないものは仕方ないか。


挨拶もそこそこに倉庫を出る。

広がってきた曇天の下、周囲を見回すと……正面の通りを挟んだ向こう側に、見覚えのある金髪おかっぱが見えた。壁に寄り掛かってぼんやりしている。

やはりロロベルは普通に待っていたようだ。

「――なんだ。早かったな」

俺に気づいてやってくる。早かったんじゃなくて早めに切り上げたんだ。ただの貴族の使いに言ってもしょうがないので言わないけど。言うなら本人にだ。でも相手は貴族だから言わないけど。

「嫌なことは早めに済ませたいなと思って」

「うん。問題になるかもしれないから、私以外にはそういうことを言わないように」

大人の対応である。でも思いっきり本心なんだけどな。

こんな面倒なことになるなら助けになんて行かなければよかった……………とは思えないか。さすがに。

可能性は低くとも、人の命が懸かっている状況だったたから、
それに、呼び出される理由も、わからなくもないところがある。

昨夜のあの時間、あの場所に駆けつけて「通りすがり」で誤魔化そうってのは、無理があるからね。俺の行動を調べたなら尚更だ。不自然すぎるんだ。

まさか「メガネが繋がってて危機を知らせてくれた」なんて、素直に説明するわけにもいかない。知られたら、絶対に、面倒なことになる。

――それに、昨日の今日で試したことはないが。

たぶん、俺が望めば、各所にある「メガネ」に接続し、レンズに写っている光景を好きに見ることができる、気がする。

実際昨夜のあの現象は、それに類する現象だったと思うから。

それを念頭に入れて冷静に考えると、これから俺は、国の中枢に、俺と繋がっている「メガネ」を二十数個ばら撒くことになる。というかすでに数個はばら撒いてある。

恐らく、献上する「メガネ」を使用するのは、お城で働く偉い人たちだろう。

で、俺はその偉い人たちが「メガネ」越しに見るものを、「見る」ことができる。

……政治にも、お偉いさん方の事情にも明るくない俺にさえ、事の重大さがよくわかる。

国の機密が筒抜けなんてもんじゃない。

まるで見ているかのように覗き放題になるのだ。

…………

バレたら色々と恐ろしいことになりそうだ。

正直に話したところで、今度はこの国以外の国に同じことをさせられるかもしれない。その際、俺に言うことを聞かせるために、俺の弱み……アルバト村にくだらないちょっかいを出されるかもしれない。すべて「かもしれない話」だが、それでもパッとこれだけ考えられるのだ。警戒しないわけにはいかない。

絶対に誰にも知られてはならない。

できるだけ、可及的速やかに、村に引っ込んでしまいたい。

「相手の嘘を見抜く素養」みたいなものを持つ者も存在するというから、そういう厄介なのに見抜かれる前に、人が多い都会から消えてしまいたい。

ロロベルに案内されて歩いている間、そんなことを考えていた。

結果から言おう。

俺は、とある事情で、しばらくアルバト村には帰れなくなる。

それも、結構予想外の理由で。

道すがらリーヴァント家について教えてもらった。

俺は貴族のことはよくわからないが、リーヴァント家の当主は伯爵で、王都に住んでいて、偉い人であるらしい。

貴族界隈では中くらいの地位で、結構歴史ある家なんだとか。

説明されてもさっぱりわからないが。

だが。

貴族云々権力云々はわからないが、貴族の家……いや、屋敷が並ぶ地区に来ると、とりあえずお金はあるんだな、というのはよくわかった。

屋敷の大きさが権力の大きさで、古い屋敷ほど歴史が長く維持費も掛かっているんだろうな、と思う。まあ俺にわかるのはこれくらいのものだ。

往来から人がぐっと減り、のんびり馬車が走っているのが目立つ。

それも俺が村から王都へ連れてこられた時のボロっちい屋根付き馬車と違って、黒塗りで輝いていたりカーテンが付いていたり飾り彫りされていたり家紋が付いていたりする高級感溢れる馬車だ。乗っている人も身なりがいい。

そんな貴族が住まう屋敷がずらっと並ぶ中、ロロベルが案内したのは、やや古めかしい屋敷だ。

建物の位置からして、庭も広く取ってあるようだが、蔦《つた》や葉が覆い茂る壁があって中はうかがえない。

馬車が通れるほど大きな木製の門があり、ロロベルはその前で止まった。門番がいる屋敷もあったが、この家にはいないようだ。

「リーヴァント卿は温厚な方だ。多少礼儀ができていなくても大目に見てくれるだろう。そこは安心していい」

あ、そうですか。

「でも俺は少しも礼儀なんて知らないよ。怒らせる前に帰れる？」

「それはわからないが……しかしまあ、悪いようにはしないと思うぞ。呼び出した理由が理由だしな」

そうであってほしい。

人助けで不当に扱われるんじゃ悲しすぎる。

そもそもを言えば、お礼も何もいらないから放っておいてほしいくらいなのに。昨夜の俺のことは忘れてほしいくらいなのに。誰かに助けてもらってラッキーくらいに思っていればいいのに。

「いざとなったら助けてくれる？」

「そうしたいのは山々だが、君がリーヴァント卿と対面している時、恐らく私はその場にいないと思う。助けようにも傍にいないからどうしようもないだろう」

…………

あれ？　俺、結構まずくないか？

間違いなく「メガネ」に関して嘘を吐くつもりの俺は、まずくないか？

「……ロロベルさん、不敬罪って知ってる？」

「貴い者が無礼者を討つアレか？」

知っているってことは、師匠が言っていた戯言《たわごと》は本当だったのか？

「不敬罪って知ってるか？　お偉いさんの気分次第で庶民の俺らの首なんて簡単に飛ぶんだぜ？　権力にはできるだけ媚《こ》びとけよ。おっと媚びすぎもまずい。プライドの高い奴ってのは露骨な媚びだと気分を害するからな。さりげなく持ち上げるんだぞ。ついでに言うと師匠ってのも基本さりげなく持ち上げられると気分がよくなる。やってみな？」と言っていたのが、俄然《がぜん》真実味を帯びてくる。なお俺は「媚びろ、媚びろ」とやかましい師匠に媚びなかった。無視した。師匠は悲しそうな顔をしていた

師匠のどうでもいい戯言はともかく、不敬罪は本当にあるようだ。

「嘘つくのって不敬に当たると思う？」

「ははは。――ロロベル・ローランだ！　客人を連れてきた！」

「おい。なんで笑った。答えはどうした」

思わず口をついた疑惑の声を無視し、ロロベルは扉をノックした。


ノックしてから間を置かず、待ち構えていたかのように門が開いた。

「お待ちしておりました。ロロベル殿」

黒いスーツを着た、五十を超えているだろう爺さんが出てきた。まず使いを頼んだロロベルを見る。

「こちらが、昨夜のあの事故に遭った時、通りすがりに助けてくれた者だ。確かに届けた」

「はい。報酬はいつもの通りに」

「わかった」

あ、そういうアレか。ロロベルは俺を連れてくるだけが仕事で、だから貴族と会う時に同席はしないと言ったのか。

「ああ、そうだ。この子がだいぶ不信感を抱いているのだが、私が同席しても？」

あ、言った。忘れてなかった。

「それは難しいですな。主人は内々の話をされるおつもりのようなので」

受け入れてくれなかったけど。爺さん即答で断ったよ。なんだよ内々の話って。突っ込んだ話なんて聞きたくないんだけど。ほっといてほしいんだけど。

「だそうだ。すまないな、エイル」

もうちょっと食い下がってもいいんじゃなかろうか？　あっさり引きすぎじゃないか？　……一応同席する努力はしてくれたから、まあいいか。

ロロベルが踵《きびす》を返して歩き出すと、爺さんが俺を見た。

——あ、まずい。

「お名前はエイル殿、でよろしいかな？　主人がお待ちです。中へどうぞ」

爺さんは何食わぬ顔で、俺を中へ促す。

本当に、何食わぬ顔で。

目が合った瞬間にわかった。

この爺さん、まずい。かなり強い。

それもただ強い奴のそれじゃなくて……そう、危険だ。

強いより強烈に感じるのは、危機感だ。

矢もない、逃げ道もない、道具もない、そんな時に魔物と遭遇した。そんな非情の現実に見入られた時のように本能がざわつく。

俺たちと同種、そんな感じの強さだと思うが……

——狩人なのか？　それとも違う似た何かか？


「……失礼します」

目が合った瞬間に、はっきりわかったことは三つだ。

一つ目は、俺では爺さんには絶対勝てないこと。

二つ目に、俺はすでに爺さんの攻撃範囲に入っていて逃げられないこと。

そして最後に、この爺さんはきっと、何も躊躇《ためら》うことなく人を殺せるってことだ。

いやあ……まだ入り口なのに、すでに来たことを後悔してきたな……


リーヴァント伯爵の敷地に入ると、まず目に入ったのは、庭先に鎮座する壊れた馬車だった。

昨日事故に遭ったものだろう。回収してきたようだ。

片方の車輪が外れ、車体には大小合わせてたくさんの傷が残り、損壊している部分も多い。もはや馬車の原形は留めていない。

「エイル殿は、狩人でしたか？」

俺を導き前を歩く爺さんが聞いてくる。……なんで背中を向けているのに見られている気配がするんだろうな。

背を向けているから警戒しているとか、見えない場所も警戒しているとか、そんなぬるいものじゃない。

　なんというか、前を歩いているくせに、すでに俺に対して攻撃態勢に入っていて、狙いを付けた状態で構えている。たとえるならそんな感じだろうか。

「まだまだ半人前ですけど」

　あんたと比べれば、もはや赤子同然だよ。半人前ですらないよ。弓を覚え始めた駆け出し程度のもんだよ。

　……都会って怖いなー。冒険者みたいに武装してればわかりやすいのに、武装してないけど強い人ってのがちょいちょいいるよね。こっちの方が怖いよ。

　特に、強さを感じない人が、怖い。狩猟ギルドの受付嬢とかな。あの人は「メガネ」がないとわからなかったから。

　俺が気づかなかっただけで、ほかにも強者はいたかもしれない。やっぱり脅威がわからないのが一番怖いな。そういう意味ではこの爺さんはまだいい方なのだろう。たぶん。きっと。恐らく。とても「いい」とは思えないけど。

「ご謙遜を。瞬く間に狼を三頭も狩ったとか」

　あんたなら同じ時間で六頭全部狩れたでしょ。なんならもっと短い時間でもできるでしょ。

「ロロベルさんから引き継いだから、狼たちも疲れて動きが鈍っていたんですよ」

「三頭。寸分違わず頭を一本ずつの矢で仕留める。この事実だけでもかなりの腕ですな」

　あんたなら素手でもできるでしょ。

屋敷の中に招かれると、これまでに感じたことがないほどの危機感に囲まれた。

「……」

そのくせ、人の気配がなさすぎる。わかるだけで五つだが、でも俺の本能は「もっといる」と訴えている。

殺気はない。

視線もない。

人の気配も近くには感じない。

そのくせ、全方位から囲まれたかのような、この危機感。いったいなんなんだ。

足が止まり、屋敷の中に入れない俺を、爺さんが振り返った。

「安心なさい。本当にやる気であるなら、もう終わっておりますゆえ」

…………

ということは、アレか。

「この屋敷流の歓迎という解釈で？」

「概ね構いませんな」

……意図がわからん。

この爺さん、完全に俺に会ってから、俺を試していた。この屋敷にある不気味な危機感も、俺を試すためだろう。何かの、誰かの意図で。

薄々そうかと思っていれば、「試している」とはっきり言ったしね。

本当に殺す気ならもう終わっている、と。

それになんの意味があるんだよ。嫌な予感しかしないよ。

「――あ、いらしたのね！」

ん？

鈴のような澄んだ声が飛んでくると同時に、不気味な危機感が嘘のように霧散した。危機感を与える対象は俺だけかよ。

「昨夜はありがとうございます！」

長い金髪を乱して駆けてきたのは、「メガネ」を掛けた少女だった。

そう、「俺のメガネ」を掛けた、あの少女だった。

……確か彼女は貴族の娘って言ってたな。口に気を付けないと不敬罪か。怖い。

「ああ、はい。……怪我はもういいんですか？」

ロロベルは軽傷と言っていたが、半日前は馬車の下敷きになって気絶していたのである。さすがに小走り程度でも軽妙に走れるとは思えない。

「はい。軽傷だったのもあり、魔法治療で跡形もなく」

あ、魔法治療か。

さすが貴族、お金があれば魔法医にも頼めるわけだな。

この魔法治療という即効性のある治療法を取れるのも、魔術師が貴重である所以である。見る見る内に治るって話だ。すごいね魔法って。俺まだ魔法ってひょろい飛ぶ刃しか見たことないんだよね。……あ、一応「メガネ」も魔法か。

「ちょうどいいですな。今お呼びしようと思っていました。——ではお二人とも、そのまま主人の許《もと》へいらしてください」

え？　なんで二人で？

……想像以上に嫌な予感がしてきたな。

これは、なんか……すぐ帰れそうにない予感がしてきた。


通されたのは、応接間だろうか。

広い部屋のど真ん中には低いテーブルがあり、それを挟んで革張りのソファが対になっている。絨毯も立派だし、暖炉もあるし、細々した細工物もあるが……なぜだろう。何か空々しい印象がある。

なんていえばいいんだろう。

借りもの、というか、新しい、というか。

……そう、人が利用した痕跡がない気がした。あまり利用されていない部屋なのかもしれない。まああくまで俺の印象だ。単に掃除が行き届いているだけかもしれない。

「そちらへお掛けください。主人を呼んで参りますので」

爺さんの勧めるまま椅子に座る。

そして爺さんが部屋を出ていくと——背筋が凍った。

「ひっ」

横に座った金髪の女の子は、ちゃんと表に出して怯《おび》えていた。だよね。さすがにそうなるよね。俺もなりかけたよ。俺は表に出ないタイプなだけだから。

「——まあ、可愛らしいお客様だこと」

いつからいた。

俺たちの後ろから、メイド服を着たどこにでもいそうなおばあさんが現れ、運んできた紅茶と茶菓子を並べ出す。——このおばあさんもまずい。ニコニコしているくせに全然笑っているように見えない。というか雰囲気が危険すぎる。

さっきの爺さんといい、このおばあさんといい、いったいなんなんだ。

「……俺に何か？」

不気味な笑顔で俺を見ているおばあさんに、俺は問う。

「いいえ？」

しかしおばあさんは、温度を感じさせない手ごたえのない返事をするだけ。

用がないなら見るのやめてもらえますかね。かなり怖い。さっきの爺さんと同じくらいの脅威を感じる。

なんなのこの屋敷。化け物揃いか。普通の人はいないのか。……隣にいたか。かわいそうなくらい震え上がっている。そうだよね。普通そうなるよね。異常だよね、ここ。この家の娘でもこの有様ってどういうことだ。これが貴族のやり方か。

疑問ばかりだが、とりあえず、気を落ち着かせよう。

紅茶のカップを手に取り、口に運び――飲まずに置いた。

……かすかに臭った。

「……」

これ、紅茶に麻痺系の毒が入ってるんだけど。俺が知っているのだと思うから、大量に摂取しなければ死ぬ心配はない毒だ。でも動きに影響が出るかもしれないから、飲まない。というか普通は飲めない。毒と知って口に入れる奴は俺の姉くらいしかいない。

おばあさんが下がった。俺が見えない、俺の背後に。そして危険な気配も消えた。

ゆっくり振り返ると、もういなかった。

ドアがあるのでそこから出ていったのだとは思うが、開けた音もなかったし、空気の流れも感じなかった。本当になんなんだ。

「こ、こわ……」

隣の女の子が、まだ震えている手でカップを取り、口に運ぶ。……飲んだなこいつ。

「味はどう？」

「え？　美味しいですけど……あれ？　なんだかちょっとピリピリしますね」

やっぱり麻痺毒か。え、この子この屋敷の娘なんじゃないの？　この屋敷の貴族の娘じゃないのか？　普通に毒盛られてるんだけど。

……まあ死なない奴だから大丈夫だろう。そもそも各ご家庭の教育方針に口を出す気はない。ましてや貴族だし。貴族界隈では普通のことなのかもしれないし。普通だとしたら貴族怖いけど。

「あ、こっちもなんかピリピリ……」

お茶請けのクッキーにも麻痺毒。……貴族の娘が自分の家で普通に毒盛られてるんだけど。これ本当に貴族の家では普通のことなのか？　異常にしか思えないんだけど。

なんなんだ。この屋敷。

それから程なくして、待ち人がやってきた。

「すまない。待たせた」

言いながら入ってきた人物は……どこかで見た老紳士である。白髪に染まった髪とヒゲに革のベストという品の良い姿。どこかで見ている気がする。

老紳士は、俺と女の子の向かいに座り――言った。

「私はワイズ・リーヴァント。リーヴァント家の当主だ。よろしく」

…………

まあ、予想はしていたけど。この人もまずいね。貴族ってこんな怖い人たちなんだな。……俺、生きて帰れるかな。

「まず、君。エイル君」

はい。なんすか。

「色々試してすまなかった。リーヴァント家は少々特殊でな」

……はあ。ここまでの歓迎の数々のことですね。

「結局なんの意味があったんでしょう？」

試されたことはどうでもいいが、どうして試したかは非常に気になる。試される理由がわからない。

「率直に言うと、君という人間がどういう人なのかを知りたかった」

なんつーか……そのままだな。

試すって結局、なんらかの問題を突きつけて相手の反応を探るってことだからね。具体的な答えのようで最初からわかってることだよね。

まあ、理由がそうだと言われれば、納得せざるを得ないが。それ以上の意味がないのに追及しても答えが変わるわけじゃないだろうし。

「それで、何かわかりました？」

「すばらしい逸材だということがわかった。大したポーカーフェイスだ。あれだけ脅されて感情の揺れも少ない。おまけに判断力にも優れている。敷地に入るのはまだしも屋敷に入ったら間違いなく死ぬ、そう思って入るのを躊躇っただろう？　毒物にも精通しているかね？

その歳でそこまでできれば大したものだ。

私はすでに、君が欲しい」

…………

…………

あっ。

「ごめんなさい。さすがにおじいちゃんと恋愛はできません」

「ああ、私も君と恋愛する気はないよ。そういう意味ではないから安心しなさい」

あ、そうですか。……この屋敷に来てから、さっきのが一番怖かったな。ぞっとしたよ。答えにも躊躇したよ。貴族怖い。

「して――セリエ」

老紳士……ワイズは、隣の女の子を見る。

「あ、はい。ワイズ様」

「お父様と呼びなさい」

「……はい、お父様」

ん？　この二人、親子じゃないのか？　……貴族のご家庭の事情には関わらない方がいいか。気にしないでおこう。

「よろしい。――これが最終確認になる。君の意思は、変わらないか？」

まっすぐに向けられた視線に、隣の女の子はしっかりと目を見て答えた。

「はい。わたしは、セリエは、お父様の下で暗殺者になります」

え、ちょっと待って。

今なんかさすがに無視できない言葉が。無視できないフレーズが。気にせざるを得ないアレが。

「結構。認めよう」

結構じゃないだろ。認めるなよ。娘が暗殺者になるとか言ってなかった？　……え、暗殺者って言ったよね？　俺の聞き違いか？　アーサッチャとかいう国があるとかそういう意味か？　そうであってほしい。俺はそうであってほしい。

「エイル君」

うわ、またこっち見た。というかまだ暗殺者の衝撃があれなんだが。表には出てないだろうけどすごい驚いてるよ。すごい戸惑ってるよ。

たとえば、そう考えると、色々と辻褄《つじつま》があって納得できてきたとか。

爺さんとかおばあさんとかこのワイズとかが、裏社会で生きる暗殺者だと言われると、嘘でも冗談でもないと直感でわかるというか。

俺がここまでに試されてきたそれらがあれらだったというか。

「娘を助けてくれてありがとう。お礼に、君を招きたい」

いや、招かなくていいです。

「――暗殺者育成学校へ」

ほらー。招かなくてよかったのにー。招かなくていいのにー。何言ってんのこの人ー。

「あ、お断りします。ではこれで失礼します」

決断に迷う余地がなさすぎるだろ。人助けするような奴が殺しの世界に入るかよ。

「まあ待ちたまえ」

さりげなく屋敷を出ていこうかと思ったが、大方の予想通り止められてしまった。

無視しようかと思ったけど、いつの間にかあの爺さんとおばあさんが背後にいた。俺の後ろに並んで立っていた。……気配を絶つのもうまいんだよな。全然わからなかった。

…………

「お二人も暗殺者？」

思わず聞いてみたものの、老人たちは何も答えず、無言で俺に「座り直せ」と言わんばかりの視線を向けている。

……前にいるワイズもまずいが、こっちもまずい。何気に前後をがっちり固められている。このままでは逃げるのは絶対に不可能。

…………

取れる手段は限られる。

――そう、たとえば、隣の普通の女の子を人質に取って牽制しつつ――

などと算段を立てていると、ワイズが……いや、老人三人が同時に笑った。愉快そうに。おばあさんも今度は本当に笑っている。

「できると思うならやってみたまえ」

なんだと。俺の行動を見抜いたのか？

顔には出ていないはずだ。視線も向けていない。気配だってそのままだ。なのに老人たちには俺のやろうとしたことを察知された。それも同時に。

なんかの「素養」でバレたか？

ロロベルが言っていた「嘘を見抜く素養」か？

いや、違う。ならば三人同時にバレたというのはありえない。

…………

うーん。無理。

そもそも人質に取るのだって、本当にやろうと思ったわけではない。あくまでも脱出の手段として候補に挙げただけ。

何せ、今の俺は解体用ナイフさえ持っていない丸腰だから。人質に取ることさえ難しい。近くにあるものだって、武器あるいは凶器として突きつけられそうなのは麻痺毒入りクッキーくらいしかない。さすがにこれじゃ女の子だって脅せない。

――たとえば、こうだ。

「動くな！」

俺は麻痺毒入りクッキーを女の子の口に突っ込みながら、前後を塞ぐ老人たちに言い放った。

「少しでも動いたらこのクッキーを食わせる！　いいのか!?」

ぽりぽり

「え？　なんですか？」

毒が入っていることを知らない女の子である。

仮に口に突っ込まれたところで、ただ普通に自ら食べるだけであった。

「なんでもないでーす」

と、俺は何事もなかったように座り直すのだった。

——なんてことになったら、俺の心象がはっきり悪くなるだけで終わりそうだし。クッキーは武器にも凶器にも使えない。

第一、やったこともないことを急にできるとも思えない。慣れないことはやらない方がいい。

「なぜ君が取りそうな行動が見抜かれたのか。わかるかね？　それともわからないかね？」

ワイズは言った。ちなみに隣の女の子は何もわかっていないようで、後ろを見たり前を見たり俺を見たりして戸惑っている。……確実に何もわかっていないという状態だが、それが少し羨ましい。

わかってしまうのもかなりの心労だ。

「わからないなら、話くらいは聞いていきなさい。君にとって損はないはずだ」

あるだろ。

「これ以上聞かされたら……いや、知られたら、俺を生かしておかないでしょ？」

というかすでに手遅れ気味だし。暗殺者って聞いちゃったから。もう核心に触れちゃったから。

「そんなことはない」

「信じられない」

俺ははっきり「信じられない」と拒絶したが、ワイズは動じることなく、こう続けた。

「君は誰にも話さない。それはトラブルを嫌うから。目立つことを嫌うから。そして我々の実力が中途半端にわかるから、今ここにいることを恐れている。ならば仮にここから出ても報復を恐れて他言しないと自然に考えられる。更に言えば、それなりに郷《さと》を大事に思っている。我々を敵に回せば何がどうなるかくらい簡単に推測できるだろう。君は聡いからな」

………………

「以上の理由から、君がここであったことを誰かに話すなどありえない。ならば口を封じる必要もない。

まあそもそもを言えば、そういう君だから持ち掛けた話でもある。口の軽い者ならこんな話は持ち掛けたりさえしない。

どうかね？　話を聞く気にはなったかね？」

……聞く気はないが、聞かないと解放されないだろう、ということはわかった。

「わ、わたしと一緒に、一流の暗殺者を目指しましょう！　ね!?」

隣の女の子がなんか言っているが、それどころじゃないから黙っててほしい。

この人、俺のことをちゃんと調べている。そして分析もしている。

思い付きでもなんでもなく、本気で俺を暗殺者の学校だかなんだかに招こうと考えている。

「約束しよう、エイル君」

と、ワイズはポケットから漆黒の羽を……アンクル鳥の羽を出し、テーブルに置いた。

前から目を付けられていたのか。

昨夜のことがなくても、俺はここに来ることになっていたのかもしれない。

「いかなる答えを出そうと、君は帰す」

…………

信じる信じないは置いといて、とにかくこの状況では、聞くしかないんだよな。そうしないと解放されそうにない。

聞いたって判断が変わるとは思えないんだけど。それが通じないかね。

……仕方ない、か。

俺は溜息を一つ吐くと、ソファに座り直した。

「よかった！　一緒に暗殺者になりましょうね！」

あと隣の女の子は俺に話しかけるのやめてくれないかな。俺は君側じゃないから。

「まず、勘違いがないように、二つ言っておこう」

ワイズは右手の人差し指と中指を立てた。

「暗殺者育成学校は、若者の暗殺者離れが深刻となってきたこのナスティアラ王国において、暗殺者を育成するために作られたものである。

その存在は一般には秘匿され、存在を知る者は貴族を含めても一部のみ。

ちなみに言うと、我がリーヴァント家は、当主たる私を含めて暗殺者たちの隠れ家となっている。一応国営でもあるので、城や憲兵に訴えてもどうにもならないよ。

まあ、書類上では、国が関与しない独立した組織として存在するのだが。

国際問題が起こったり、我々の身柄が他国に拘束されたら、我々は国から切り捨てられる運命にある。基本的に捨て駒に等しい」

捨て駒……うん。色々気にはなるけど、ささっと流してしまおう。

「若者の暗殺者離れは深刻ですものね……暗殺者の高齢化は進んでいるのに、後進の層が非常に薄いと聞いていています」

隣の女の子の言葉に、ワイズはその通りとばかりに頷く。

というか、隣の女の子の立ち位置もわからない。

自分から立候補するからにはそれなりに事情通なのか、それともこの話を俺と一緒に聞かないといけない立場でもあるのか。……そもそも若者の暗殺者離れって何？　普通の就職先なの？　気にはなるけど気にしない。気にしたら負けな気がするから。

「二つ目は、君たちは世間一般に知られる暗殺者にはなれない。すでにその育成段階にはいないからだ」

……ん？

「いいかね？　一般的には、暗殺と言えば標的を殺す存在だと思われがちだが、実際はそれにいたるまでに越えなければならないハードルは多いのだ。

時、場所、状況、手段、道具の有無に情報収集に殺害用の武器の準備。数え上げれば切りがないほど沢山の選択をし、それを実行する技術が必要となる。

ただ殺せばいい？　プロはそんなやり方はせん。暗殺者とはただの賊ではないからだ」

…………

「暗殺とは、非常に繊細でデリケートなのだ。一つのミスが暗殺の失敗に繋がるほどにな。濡れた紙の上を破らず歩くが如く、そして足跡さえ残さぬ慎重さで。

己という身体をどこまで極められるか。己の知性と発想力をどこまで広げられるか。

ただ一つの仕事に対し、百も千も手段があり、自分に合った正しいものを選び決行する。それは非常に難しいが、やりがいのある仕事だよ」

…………

まずい。……ちょっと話に引き込まれている。

というか、すごく狩人の仕事に似ている。

狙う獲物に合わせて準備が必要で、準備をすればするほど獲物を狩る速度が上がり、獲物をできるだけ傷つけずに仕留める方法となり、そして仕留めた後に手早く回収することも可能となる。

更に言うと、狩猟後の場所の後始末をちゃんとしないと、予想外の魔物や動物と遭遇することもある。回収・撤収の手際も大事な要素だ。

……でも、結局ワイズの話は人殺しの話なんだよなぁ。

これが狩人の話で、狩人の学校を勧めているなら、かなり迷っていたかもしれないけどなぁ。

「エイル君、興味があるだろう？　そんな君だから声を掛けたのだ。君がやっていること、求めていること、ずいぶん似ているのだが」

うん、似ている。だから話に引き込まれている。

本当にまずい。俺はすでに、ワイズの話に興味を抱いている。

でも、ダメだ。

これは絶対にダメなんだ。

「俺は、師匠から、殺しの技術を教わったわけじゃない。狩りの技術を教わったんだ。師匠の技を人道に外れたことには使えないよ」

師匠は俺を狩人として育てた。

暗殺者として、人殺しをさせるために技を教えたわけじゃない。

俺は、いい弟子ではないかもしれないが、師の顔に泥を塗るような弟子にはなりたくない。

「――だから二つ目の話になる」

え？

「さっき私は言った。君たちは世間一般に知られる暗殺者にはなれない、と。

我々のような骨の髄まで技術を刻み込んだ暗殺者は、物心つかないような幼少から鍛えているのだよ。

子供には可能性がある。

素質さえあれば伸びるし、伸びなければ暗殺者育成教室から外せばいいだけだしな。人生のやり直しも比較的簡単だ。

君たちもまだまだ成長するだろう。しかし素質ある子供の成長率と比べるとかなり落ちる。

暗殺とは繊細でデリケートだ。そして実戦となれば失敗は許されない。

君たちはもう、暗殺者として育成するのは遅すぎるのだ。すでに暗殺者以外の生き方を知っているから。

もう頭から爪先まで染まった暗殺者にはなれないのだよ」

……まあ、話はわかったけど。

要は、暗殺者は小さい頃からの英才教育で育てるよって話だよね。

「じゃあ、俺に勧めている、その……暗殺者学校っていうのは？」

暗殺者を育てるには、もう俺の年齢じゃ間に合わないって話だろ。さっきの。じゃあ今俺を誘っ

ているのはなんなんだ。

「我らが育てている暗殺者には二通りがあり、一つは幼少から育てた生粋の暗殺者。

君たちが学ぶのは、もっと広く仕事の幅を広げた暗殺者の仕事だ」

もっと仕事の幅を広げた暗殺者……？

……………

うん。

全然わからん。

素直に「もっと仕事の幅を広げた暗殺者の仕事とは？」と問えば、ワイズはもったいぶらずに答えてくれた。

「そのままの意味だよ。仕事の幅を広げるのだ」

だからそれがわからないって……あれ？　待てよ？

「幅を広げて、暗殺以外の仕事もする、ってこと？」

「そうだ」

ワイズは頷き、続けた。

「君ならわかるだろう。

狩人の技術が狩人の仕事以外に使えないか、と言われれば否だ。

暗殺者とて同じこと。

身に付けた技術が暗殺のみにしか使えないわけではない。できることだけ数えれば多岐に亘《わた》るだろう」

つまり、その「多岐」をこなそうってことか。

「殺しをしない暗殺者、ってことでいいんですか？」

「――そもそもを言えば、もう長く求められていないのだよ。殺し専門の暗殺者は」

うん？　……うん？　ちょっとややこしいな。

「もう百年以上も、ここナスティアラや周辺国は平和を維持している。

我ら暗殺者は、戦乱の時代には飛ぶ鳥を落とす勢いで仕事が舞い込んだものだが、今や半年に一件あるかないかだ。

それさえも『殺さずに不正の証拠を確保しろ』だの、『殺さずに屋敷中の人間を拘束しろ』だの、血を流さない仕事を求められる始末。

認めたくはないが、認めざるを得ない。

暗殺者はこの国、この時代に必要なくなったのだ」

…………あ、はい。

俺は何を聞かされてるんだ？　暗殺者業界衰退の話？

……いや、待て。

衰退か。

求められないから、この時代には合わないから、業界全体が衰退し縮小していったって話か。

それも、狩人の話に似ている。

師匠も言っていたっけ。

面倒臭い上に時間がかかる師事は、もう時代遅れになりつつあると。

近年、狩人という存在は減りつつあって、狩人を使うべきところを冒険者に仕事を依頼するケースが増えたと。

狩人は、冒険者と違い、基本的に師弟関係で育成されるものだ。何年も掛けて技術を学んでいく。

でも冒険者は、登録さえしてしまえば誰でもなれる。何年も修行しなくてもなれる。腕も技術も足りないと言えば人数でカバーする。

それが悪いとは言わないが……仕事で死んでしまう人も多いんじゃなかろうか。まあ狩人も危険がないかと言われれば否だけど。

裏世界に存在する暗殺者業界の衰退は目に見えないので知らないが、狩人業界の衰退は目に見えて進んでいる。

この王都の狩猟ギルドを見れば一目瞭然だ。

冒険者ギルドと比べれば、あの寂れ方はすごい。受付嬢のやる気もなくなるレベルで寂れがすごい。正直まともにやっていけているのかと思うくらいだ。

「……あの、間違っていたらアレですけど」

「何かね？」

「暗殺者としての技術を後世に残したい。このまま時代の波に呑《の》まれて消えていくのは勿体《もったい》ない。この際、生粋の暗殺者じゃなくてもいいから多くの若者に技術を伝承したい。……という解釈でいいですか？」

「すばらしい」

ワイズは笑った。

「そう、色々と装飾した理由もあるが、結局突き詰めればそういうことだ。

七つほどの習得カリキュラムがあるのだが、すべてを個人で修めていた代は我らが最後だ。

衰退が進み、今や習得項目を三つ四つしか修めていない未熟な者が、暗殺者として少ない現場仕事をこなしている。

嘆かわしいとも思うが、そういう時代なのだ。技術を修めても使う場所がないしな。君を招こうとしているのは、更に習得項目を減らした学校となる。

君のやる気次第でいくつか取得はできるだろうが、一つでも修めてもらえればいい。まあ君の素質なら二つ三つは習得できるはずだが。

どうか我らの技術を継いで、後世に伝えてほしい。それこそ行く行くはこの国のためになるはずだ。

我らはもう高齢だ。十年後は現役引退どころか、生きているかさえ怪しい年齢だ。

だが、このままでは死んでも死に切れん。この世に残したいものがまだまだあるのだ。

そしてそれは誰にでも継げるものではない。

暗殺者はもう必要ない。しかし暗殺の技術は残したい。そういうことだ」

ふと、沈黙が訪れた。

これで一応、ワイズが話すべきことはすべて語ったのだろう。

話が終わったなら、そろそろお暇《いとま》したいところだ。

が、思うところは……少しある。

暗殺の技術を後世に残したい。これは狩人界隈でも同じである。

師匠は俺を見つけて育てたが、俺はどうなんだろう。

誰かを見つけて育てることができるだろうか。師匠と同じように弟子を育てられるだろうか。

個人的には考えられない。

自分にそんな器量があるとも思えない。

そもそも狩人の仕事が気に入ったのだって、一人でこなせる仕事だからだ。最初こそ肉目当てだったが、今では天職だと思っている。

危険もあるし、他人を傍に置いてできる仕事とも思えない。だから師匠はすごいと思えるのだ。

あの人は俺を守り、教えながら狩人仕事をこなしていたから。俺はやっぱり自信ない。

だが、師匠が俺に伝えた狩人の技術を、俺の代で途絶えさせていいのか？

その疑問は当然残る。

師匠だって、師匠の師匠から技術を継いだ。

師匠の師匠だって、誰からか継いだのだ。

時代の波を乗り継ぎ、連綿と続いてきた技術を、俺の代で止めていいのか？

きっと暗殺者界隈も同じなのだろう。

同じ悩み、同じ要望を持ち、こうして継げそうな者を探して声を掛けている。探している。

…………

気持ちがわかるだけに、無下にはしたくないが……

それに、話の内容からすれば、悪い話ではないのも確かだ。

「いくつか質問してもいいですか？」

ワイズは手を上げ、どうぞと促す。じゃあ遠慮なく。

「これは、普通ならば継ぐことができない暗殺者の技術を習得して強くなれる機会、と捉えても？」

「まさしくその通り。君には損がない話だと言ったはずだ。

君は人を殺すのに抵抗があるようだが、むしろさせるつもりがない。半端な暗殺者に仕事など回さんよ」

もっとも今や全員に回すほどの仕事もないがねアハハ、となかなか自虐的な笑いが付いた。……悲しい笑い声だ。おじいちゃんの自虐は結構きついものがある。

「じゃあ、例えば、暗殺者学校を卒業したあと、故郷に帰ってもいいですか？」

「それは君の自由だ」

え、いいの？　自動的に無理やり暗殺者方面の組織に所属させられるかと思ったのに。

「これも言った。暗殺者はこの国この時代には必要ないのだ。我らに属するのは自由とするが、属したところで肝心の仕事がない。

暗殺以外の仕事はあるが、それも決して多くはないしな」

ふうん……

「ちなみに、暗殺以外の仕事というのは？」

「要人の警護、護衛がメインだ。特定の対象への情報収集や身辺調査などもある。あとは緊急性が高い場合の魔物退治などもする。この三つが多い」

そろそろ行方不明のペット探しも業務に入れようかと思っているよアハハ、と。かなり自虐的な笑いが付いた。……もう笑っちゃうほど業界の衰退が止まらないんですね。

「エイル君。一年だ」

「一年？」

「暗殺者育成学校は一年間で終わりだ。どうか君の一年間を私に譲ってほしい。

我らの技術を継いでほしい。君ならたくさんの技術を継げる。そして君自身の成長にも繋がるだろう。一年で君は絶対に強くなれる」

あ、そうなんだ。学校って何年も通うって聞いたことがあるが、こっちは一年で済むのか。

「それに、君のその『メガネ』だ」

…？

「国から報告は聞いている。その『素養』は伸びる。我らの技術を継いでいく段階で、違う使い方も学べるかもしれない」

違う使い方、か。

でもすでに「メガネ以外」の使い方もできているから……今更感もあるけど。でも今以上にできることが増えるってのは、少しだけ魅力を感じる。

「――質問は以上かな？　もう帰ってもいい」

あ、ほんと？

「いいかね、エイル君？　もしその気があるなら――」

俺はワイズの最後の言葉を聞き、紹介状という手紙を預かった。

もし受け入れないなら燃やしてこのことは忘れていい、もし受け入れるなら紹介状を持って特定の場所に行け、と言われて。

来た時に案内してくれた爺さんに連れられ、無事リーヴァント家の敷地から脱出することができた。おお……解放感がたまらない。あんまり生きた心地がしなかったからね。

「――お待ちしておりますゆえ」

扉が閉まる瞬間、そんなことを言われたが。

………

あの人には、もう、俺の意思が見抜かれていたのかもしれない。

色々と衝撃的な話を聞かされたリーヴァント家を去る俺の足取りは、特段軽くもなく重くもなく、まあ普段通りであった。

何気に訪れたそこそこ大きな命の危機にも拘わらず、何事もなく宿に戻ってくることができた。

正直、リーヴァント家で聞かされた話のすべてを、そのまま信じることはできない。

たとえば、話を呑まなければ、やっぱり口封じに殺されるんじゃないか……とか。話を聞いた時点で実はもう手詰まりなんじゃないか、とか。

それくらいされても仕方ない話を、されたと思うのだが。

少なくとも田舎から出てきたばかりの小僧よりは大切な、国にとって重い話を。

まあ、返事自体は、もう決まっているようなものなんだけど……でも今すぐ返事をする必要もないかな。

今現在の俺は落ち着いているとは思うが、一晩くらいはゆっくり考えて、改めて自分に問うてもいいと思う。

というわけで、ひとまずリーヴァント家で聞いた話は置いておくとして、今日の過ごし方を決めてみようかな。

なんとなく一旦宿まで戻ってしまったが、時刻はまだ昼を過ぎたばかりである。まだまだできることはたくさんあるだろう。

今日も狩りに出る？


…………


一応、泊まりで魔物を狩った直後である。

思いがけない話を聞かされて気がかりはできたものの、心身の疲れは……あまり残ってないかな。すっかり癒えている。

でも今日一日くらいは、大事を取ってもいいだろう。空模様も怪しいし。今日明日は雨が降りそうなので、遠出は避けた方がいいかも。

それに、まずやらねばならないのは、補充だ。狩りに使った道具類を買い足しておかないと。

……ジョセフの店はあんまり行きたくないけど、行かなきゃな。

よし、買い物だけとっとと済ませてさっさと出るか。

「――まあまあ待ってよぉ。お話ししたいこともあるからぁ」

狩りで使った道具類を買い足し、急いで、そうとにかく急いで、何があろうとも無視して急いで店を出たかった俺だが、がしっと化粧の濃いおっさんに捕まってしまった。

腕を放すんだ。いろんな意味の危険を感じるから腕を放すんだっ。放さないならせめて「話しかしない、それ以上はしない」と誓ってからにするんだっ。

「今日はこれから狩りに出るの？」

そんな普通の質問とともに、がっちり摑んでいた腕が解放された。……ああよかった。本当に話だけか。ああよかった。

「今日は出るつもりはないよ。雨も降りそうだし」

このあとは、まだちょっと時間があるので観光がてら散歩して、夕飯を食べる店をのんびり探してみようと思っていた。

早めの夕食を取り、早めに宿に戻るつもりだった。

あんな話のあとなので、少し気晴らしはしたいけどあまりフラフラしたくはないという、自分でもちょっと、なんと表現していいかわからない微妙な気分なのだ。

「行くとしたら明日以降かな」

今日はあくまでも、泊まりがけの狩りの休養を兼ねているから。でも基本的に貧乏人は毎日働きますとも。

「そう……しばらくはやめた方がいいかもしれないわ」

ん？

「何かあったの？」

「ええ……ああ、メガネ君なら知っているかもね。――猿、わかる？」

猿？　……え、猿だと？

「まさか近くに出たの？　目撃情報が？」

「ついさっき情報が入ったばかりよ。まだそれらしいのを見た人がいる、というだけだから確証はないの。でもメガネ君がいつも出掛けている南の森付近での情報だから。心配になっちゃって」

いつも浮かれてくねくねしているジョセフが、いつになく真面目な顔をしている。

「ほら、弓とは相性が悪すぎるじゃない？　メインに弓を使っている者が遭遇したら、その時点で終わりだわ」

……うん。猿ならそうだろうね。

「明日にも調査隊兼討伐隊が組まれるだろうから、しばらくは様子を見た方がいいと思うわよ？」

「そうだね。情報ありがとう」

この情報は非常に大事なものだ。

特に狩場の情報は、それこそ命に関わってくるものである。

しかも猿はまずい。

もし遭遇したら俺に勝ち目はないどころか、逃げられるかどうかも怪しい。

五年前に見かけた猿を振り返っても、今の俺では勝機はないかな。一匹二匹ならなんとかなるだろうが……

「あん、お礼なんていいのよぉ☆　――今晩空けといてくれればそれでいいわよ？」

その誘いも命に関わってきそうなので遠慮しておこう。

ジョセフからもたらされた情報を聞き、俺はしばらく狩りに出ないことを決めた。

だが、しかし。

――結局その日の夜、俺は南の森へ行くことになる。

第九話　その時、黒鳥は

エイルがジョセフの店で、猿の情報を聞いたのとほぼ同時刻。

昼食に刺歯兎《しがうさぎ》のフルコースを食べ、またそれぞれの仕事に散っていった「夜明けの黒鳥」の拠点に、一人の少女が駆けこんできた。

「——ホルンさんいますか!?」

剣を振るう仕事ではなく、その前段階の仕事の話をするために出かける準備をし、本を読んで時間を潰していた「黒鳥」のリーダー・リックスタインは、まずいとばかりに顔をしかめた。

——これまであまり自覚はなかったが、自分は顔が怖い。

出入り口から入ってすぐの長テーブルには、今は自分だけが座っている。つまり大の男でも怖がる顔で、子供の対応をしなければならない。

少女は……六歳か、七歳くらいだろうか。最悪なことに一番怖がられる低年齢層だ。

「う、うむ。ホルンに何用かな」

長テーブルの一番奥が、リックスタインと副リーダーの席である。出入り口から一番距離がある席だ。

これだけ距離があれば、怖い顔もいくらかは緩和——

「ひっ」

……少女の目は非常に良いらしく、緩和はされなかった。目が合った瞬間に小さな悲鳴を上げられた。

誰が悪いわけでもないが、地味に傷つく一事である。

魔物や盗賊には滅法強く、頭の回転も速い非常に優秀な冒険者であるリックスタインだが、泣く子供には勝てないと心底思っている。

内心慌てていると、救いの手は現れた。

「——どしたのー？」

二階の自室で昼寝をしていたアインリーセが、ひょいと顔を出した。この際また下着姿なのは見逃しておく。とにかく今は少女だ。

「すまん、対応を頼む。ホルンに用があるようだ」

「お？　……ああ、お客さんね。はいはいこんにちはー」

助かった。

アインリーセは、起こし方次第で寝起きの機嫌がすこぶる悪くなるが、今回はそこそこいい寝覚めだったようだ。またどこかに短パンを脱ぎ捨てたようで下着姿ではあるが。

基本雰囲気がゆるい彼女は、子供の相手がうまい。任せて大丈夫だ。

「どうしたのかなー？　ホルンのバカにアメ玉取り上げられたのかなー？　お姉ちゃんがバカを殴って買ってあげるからねー？」

内階段を下りてくるアインリーセに対応を任せ、リックスタインはこそこそと自室へと向かう。

どんな魔物、どんな苦境を前にしても、恐怖で逃亡したことのない男が、なすすべもなく退散しようとしていた。

若い頃から苦手ではあったが、歳を取ってからはより強く思う。

泣く子供は恐ろしいと。勝てるものではないと。

だが。

「ホルンさんは!?　お願い、お兄ちゃんを助けて！」

――さすがにその言葉を聞いて、足が止まらないわけがなかった。

ゆるいアインリーセでさえ真面目な顔をするほど、少女の訴えは切実だった。

曰く、南の森に行った冒険者の兄が帰ってこない、と。

まだ時刻は夕方に差し掛かった頃である。陽は高く世界は明るい。仕事のために出かけた冒険者が帰ってくるには若干早いくらいだが。

少女が聞いたという話が加われば、彼女の切実さは理解へ繋がる。

「猿が出たかもって！　今冒険者ギルドで噂になってて！」

猿。

冒険者が噂せざるを得ない猿と言えば。

——黒雨猿《ブラックエイプ》。

基本的には一ツ星だが、状況によっては二ツ星の冒険者でも苦戦する魔物である。

この世にはいろんな魔物がいるが、特にこの黒雨猿《ブラックエイプ》は、状況によって上下する強さの幅が広い。

広すぎるほどだ。

ただ言えることとは、森で出会えば間違いなく二ツ星の冒険者が出張る案件だ。

少女の兄は、まだ初心者もいいところの無星だという。一緒に冒険者になった二人の幼馴染の三人で、今日も南の森に出かけたという。

初心者が三人。

ならば、もし猿と遭遇すれば、確実に死ぬ。

更に言うと、

「もうじき陽が落ちる」

さすがに黙っていられなくなったリックスタインが、立ち上がりながら口を開く。

「夜、森の中で猿と遭遇すれば、それこそ取り返しがつかんぞ」

その状況なら、二ツ星の冒険者でも苦戦を強いられるようになる。

夜の森は暗い。

人間の目では、見える範囲がかなり狭くなる。

なのに猿は違う。

闇夜に紛れる黒い体毛、縦横無尽に木々を飛び移る身軽さと素早さ、そして魔物にしては知性を感じる統率の取れた動き。

それが襲ってくるのだ。

あれは肉体的にもつらいが、それより先に――あらゆるところに潜み襲ってくる猿が闇に溶け込み、何匹いるかもわからない、状況さえ見えない恐怖が精神を蝕《むしば》む。

ベテランでも平常心を欠くほどの悪夢のような戦闘になる。

一度経験すれば大抵は猿を危険視するようになる。――リックスタインも経験があるので、だからこそこの話は無視できない。

「お嬢さん」

と、リックスタインは己の顔に怯えている少女の前で片膝をつく。

「お金は持っているかね？」

突然の質問に、少女は首を横に振る。貧乏そうには見えないが、裕福そうにも見えない。恐らくは普通の家庭の子だろう。家に帰ればいくらかはあるかもしれないが、しかし今は緊急である。

「アインリーセ」

「あ、うん」

素早く自室に戻ったアインリーセが、すぐに戻ってきた。

「はいはい、ちょっと失礼」

と、アインリーセは少女のポケットに無理やり手を突っ込み、それを出した。

「なんだ、お金持ってるじゃない」

アインリーセの手には、たった一枚の銅貨があった。

「え？　え？　な、なんで？」

少女は、あるはずのないお金が出てきて慌てる。まだまだ純粋な年頃のようだ。

「まああいいじゃない。あったんだから」

はい、と一枚の銅貨を指で弾く。

「――結構」

弾かれた銅貨を受け取り、リックスタインは立ち上がる。

「この依頼は『夜明けの黒鳥』が請け負った。お嬢さんのお兄さんは我々が捜そう」

突然のあれこれに目を白黒させている少女の頭を撫で、リックスタインは動き出した。

「アインリーセ。ホルンはどこだ？」

「知らないけど、王都にはいるはずだよ。仕事は受けてないから」

「捜して指示を出せ。まず装備を整えて冒険者ギルドに来るよう伝えろ。先行メンバーは指名を受けたホルンと、グロック……は、もういなかったな」

午前中には、最近滅多にないほどに「黒鳥」のメンバーが集まったのだが。

仕事を抜け出してきたり、仕事の出発時間をずらして時間を作って集まったメンバーたちは、今現在はしっかり仕事に戻っている。すぐに動ける者は少ない。

「仕方ない、レクストンを付けろ。先行はその二人だ」

レクストンは新入りで、まだまだ実力に難がある。だがホルン一人を行かせるよりははるかにマシだ。

「私は？」

「今回はホルンと別行動だ。猿相手に貴様は出せん。後続の私と一緒に行くぞ」

「りょーかい。じゃあ行こうか」

アインリーセは、急に状況が動き出したものの、それに付いていけていない少女を連れて、「黒鳥」の住処を出て――

「おい、服を着て行かんか！　その格好で表に出るな！」

「あ、そうか。……でも緊急事態だし急いでるし、いっそ服とかよくない？」

「よくない！　着ろ！　憲兵に捕まるぞ！」

ホルンよりはマシだが、それでもそこそこの問題児に檄を飛ばしつつ、しかし「黒鳥」のリーダーは己が取るべき行動を考えていた。

この先は時間との勝負になる。

一時たりとも、無駄にはできない。

まずは冒険者ギルドへ行き、少女の兄の現在位置を計るための情報を集め、猿の目撃情報が確かなら冒険者たちに声を掛けて――

「変わったなぁ、『黒鳥《ここ》』も」

慌ただしく自室に引っ込む己のリーダーを見ていたアインリーセは、そう呟いた。

こんな小さな仕事、こんな金にもならない仕事、二年前の「黒鳥」なら絶対に請け負わなかった。

実力は王都でもトップクラス。

だが仕事への選別と取り組み方が厳しく、意識も高く、あまりにも誇り高いがゆえに「冒険者」としては異色であったはずの「黒鳥」だが。

二年前まではつまらないチームだったのに、今は少しだけ魅力的に見える。少なくともアインリーセには。

今やすっかり「冒険者」である。

基本的には金で動き、時には得にもならない人情で動き、明日の我が身と思い隣の同業者を助けたりする。

「冒険者はこうでなくちゃ。——ね？」

よくわからないが、話を振られた少女は言った。

「早く服着たら？」


「あ、いた」

服を着て「黒鳥」の住処を出たアインリーセは、まずはと足を向けた行きつけの屋台街で、目当てのホルンを見つけた。お目付けのレクストンも一緒である。

「おーアインーー。焼き鳥食おうよー」

どうやら二人して、焼き鳥を肴《さかな》に酒を飲んでいたようだ。まだ早い時間なのに。……まあ、昼間から飲む酒のうまさを教えたアインリーセが、今更文句を言えるものではないが。

それにしても、すでにそこそこ出来上がっているようだ。

ホルンは顔に出ないしかなり酒は強い方だが、それに付き合っているレクストンの顔を見れば、どれくらい飲んでいるかはわかる。

「仕事が終わったらねー。というわけで仕事が来たことを伝えに来たんだわー」

今日はアインリーセも仕事がなかった。

恐らく、何もなければ、夜はホルンらと酒を飲んだりしていたとは思う。

が、それは何もなければの話だ。

「仕事？」

「うん。レクストンも同行してほしいって」

「え？　俺も？　なんだろ」

腕が未熟と判断されているレクストンは、まだ基本的に「黒鳥」の仕事は回していない。なので同行の指示が出るのは珍しいことである。

「仕事ねぇ？　今日はもういいと思うけどねぇ？　それより一緒に飲もうよー？」

酒と肉汁に酔っているホルンの言葉は、顔も口調も非常にゆるい。

まあ、仕事がなければ一緒にゆるい顔でもしていたいのだが。

「この子のお兄さんが危ないかもって話でね。救助の仕事」

「──わかった」

緩みまくっていたホルンの顔が、一瞬にして引き締まる。

「どうすればいい？」

これだ。

詳しい事情を聞かなくて、報酬さえ欲しがりもせず、誰かが困っていると聞けばすぐに動こうとするこの姿勢。

「ホルンさん！　お兄ちゃんを助けて！」

少女の期待と不安に満ちた目に、ホルンはしっかりと答えた。

「任せろ。ここで焼き鳥食って待ってればいいよ」

焼き鳥はともかく、それは少女が一番聞きたかった言葉だろう。

──たった今、王都で有名な「悪魔祓いの聖女ホルン」が、二つ返事で了承した。

こんなに安心できることはない。焼き鳥はともかく。

そう、少女は、こんな冒険者がいると聞いてホルンを訪ねてきたのだ。

そしてこんな冒険者だから、今やホルンは「聖女」なんて似合わない二つ名で有名になっているのだ。本当に心底似合わない二つ名で。

「リーダーがギルドで情報を集めてるから、それ聞いてから出発」

「わかった！　行くぞレクス！」

「待て」

すぐに駆けだそうとするホルンが、ピタリと止まった。

「待て」

この二年でホルンが完全に憶えた、もっとも有能かつ有用で効率的な指示である。むしろ逆に言うと二年の間に完全に憶えられたのはこれだけ、とも言えなくもない。

ただし、完全に憶えているはずだが、時々聞こえていない時があるようで待たないケースもある。

頭も記憶力もそんなに悪くはない節もあるのだが……不思議な女である。いや、不可解と言った方が近いか。

「ちゃんと準備して行くんだぞ。剣とか鎧とか荷物とか持って」

「あ、そうか！　わかった！　行くぞレクス！」

「待て待て。長くても半日くらいで帰って来れると思うから、食料はいらないよ。肉を選ぶのに時間を使わないように」

「そうなんだ！　わかった！　行くぞレクス！」

「まあ待て。ちゃんと武器と防具と冒険用の荷物を持って、準備ができたらギルドに行くんだぞ。準備ができてからだからね」

「準備してから！　わかった！　行くぞレクス！」

「最後に確認するけど、これからやることはちゃんと頭に入ってる？」

「レクスが憶えてるから問題ない！　行くぞレクス！」

「お、お、おう！　……もう行っていい？」

レクストンに頷くと、すでに先に行っているホルンを追って駆け出していく。

少々まごついたりもしたけれど、あまりにも速いフットワークで屋台を飛び出す二人に、屋台のおっさんの声が掛かる。

「――がんばれよホルンちゃん！　レクストンはホルンちゃんを絶対守れよ！　アインは俺に奴らの飲み代を支払ってくれ！」

少々納得いかないこともあるけれど、ホルンと関わるなら飯代飲み代の立て替えなんて日常茶飯事である。何せ奴はサイフを持たない主義だから。――否、使い道のわからない散財をしないようリーダーにサイフを持つことを禁止されている者だから。

少女がものすごく心配そうに、遠ざかる二人の背中を見ているのが、なんだか印象的だった。

――噂だけ聞けば聖女としか思えないホルンだが、実際会ったらなんか違う感じがしたのだろう。

まあ、よくあることである。

「おっさん！　来たぞー！」

このナスティアラ王都の冒険者で、リックスタインをおっさん呼ばわりできる者は一人しかいない。

「こっちだ」

もう二年だ。

二年も付き合えば、生意気な小娘の言動にはすっかり慣れた。

受付嬢と話をしていたリックスタインが、駆けこんできたホルンとレクストンを呼ぶ。

「憶えられるかどうかわからんが、わかりやすく説明する。

場所は南の森。

冒険者になりたての三人組のパーティが、薬草や果実の採取に出ている。彼らを捜すのが目的となる。

彼らに何事もなければ、行く途中で帰途に就く彼らに会えるはず。会えたら一緒に戻ってこい。

だがもし彼らに会えなかったら、何かがあった可能性が高い。

この時刻に出発すれば、恐らく森に到着する頃には暗くなっているだろう。

その場合はそのまま森に入り、捜索を開始しろ。

猿の目撃情報は、まだ信憑性《しんぴょうせい》は低い。

だが無視はできない。警戒し、戦闘を避けられるようなら避けろ。

時間帯が時間帯だ。まだ多くの冒険者が戻ってきていない。

今すぐ出られる者もいなかったので、同行する者もいない。二人だけで今すぐ行け。冒険者が集まり次第、私も含めて出るつもりだ。

猿狩りは、後発の我々が合流してから行う。無理に仕掛けるな。

特に、雨が降ったらできるだけ避けろ。雨の中の猿は最も強い状態となる。

――以上だ。何か質問は？」

「ない！　いってくる！」

元気よく返事するホルンを見て、リックスタインは、自分の話が何一つ頭に入っていないことを悟った。

「待て。三つだけ記憶しろ。南の森に行け。三人組の無星の冒険者を捜せ。猿に気を付けろ。——憶えたか？」

「えー……あー…………」

ホルンの眉間に深い深いしわが刻まれる。

「南の森で、三人組の猿を捜して、気を付けろ？」

——上等な方だ。憶えようとした痕跡がうかがえるだけ上等だ。

「レクストン。ホルンのこと、くれぐれも頼む。無論貴様も気を付けろよ」

「わかりました」

若き冒険者二人を見送り、リックスタインは溜息をついた。

「ホルンは相変わらず不安ね」

「ああ。あれで腕が立つという事実が信じられないほどだ」

不安しか出ないやり取りを見ていた受付嬢が呟き、リックスタインは素直に頷く。まったくもって同感だったから。

そう、不安だ。

ホルンはあの調子で不安だし、レクストンはまだまだ腕っぷしに不安が残っている。

もし猿と遭遇して戦闘になったら、ホルンだけならいくらでも生き残れるだろうが、レクストンはかなりまずい。

しかし、いつもホルンとコンビを組ませているアインリーセは、猿相手では相性が悪すぎる。一緒にいてもホルンの足手まといにしかならないだろう。無駄に被害が出るような采配は振れない。

自分が行ければいいが……と思うが。

己が高齢のことを差し引いても、元々身体が大きく重いリックスタインでは、速度が出ない。彼らの足には付いていけないのだ。

きっと若い頃でも結果は同じである。

体格に恵まれたおかげで力だけは異常にあった方だが、その分足が遅かった。

戦闘中の踏み込みの速さには自信があるが、それと「ただ速度を上げて走る」では意味が違うのだ。

その速度を維持し続けるとなると、更に意味が違う。

仮に馬などで付いていったとしても、森での探索が始まれば、足の遅さは致命的となる。

万が一猿と遭遇した時、自分がいたら逃げられない。

有利な場所に戦場を移すことも困難になる。

時間との勝負となれば、自分が同行することで、確実に足を引っ張ることになる。今はお荷物を抱えていい時ではない。

そう判断し、やはり自分は後発で出るのがいいと判断した。

そもそも――

「あぁ疲れた……おーい酒くれぇー！」

一仕事終えて戻ってきた冒険者に何かを頼むのであれば、「黒鳥」のリーダーである自分が頼むのが、一番効果があるだろう。

必要な人材と人数を揃えてから、確実に仕事をこなす。

リックスタインはそのために、最善を尽くす。


リックスタインの言っていた通りである。

全速力で駆けてきたホルンとレクストンだが、南の森に到着した時には、今にも降り出しそうな空はすっかり暗くなっていた。

そして、その道中色々と不幸な情報も発覚した。

まず、南の森へ向かう最中、捜している冒険者には会わなかったこと。

これで、まだ森の中にいる可能性が高くなった。

次に、捜している冒険者と同じく森に来ていた、ほかの冒険者たちとすれ違った時のこと。

「――なんかヤバい気がして、早めに切り上げたよ。雨も降りそうだしな」

そんな証言をした、ようやく初心者を抜けたくらいの四人組は、大量の生き物の糞を見つけたそうだ。

初心者の頃から度々来ている森で、四人とも見覚えのない生き物の痕跡を見つけた。

もしかしたら知らない魔物が流れてきているかもしれないと、彼らは稼ぎより安全を取って早めに帰ることを選んだそうだ。

「正解だと思う。森に猿がいるかもって話が出ててな、王都ではちょっと騒ぎになってる」

「猿？　……黒雨猿《ブラックエイプ》のことか!?」

遭遇したことはないが、その危険さはよく知っているようだ。冒険者が遭いたくない魔物として有名だからだろう。

ほかにもすれ違った冒険者はいたが、幸運にも猿を見た、遭遇したという者はいなかった。

捜している初心者パーティの目撃情報も、なかったが。

来る途中で見た、という者はいたが、森では見かけていないという。

「嫌な予感がするな、ホルン」

「え？　何が？」

…………

ホルンはなぜ自分がここにいるのか、理解しているのだろうか。もう理由を忘れているのではないか。

「早く三人組の猿を探して食べようよ」

憶えているのか。それとも憶えていないのか。かすかに、おぼろげには記憶していると判断するべきか。はたまたこんな思考をホルンに対して抱くこと自体無駄だと諦めるべきか。長い付き合いなので諦めた方が早いのは確実だが。

果たしてそんなことを考えていると、ついに捜している人物と会うことなく、南の森に到着したのだった。

そして最悪なことに、雨も降り出してきてしまった。

「ホルン。どうも状況はかなりまずいようだ」

辺りはもう暗い。

森に入ればもっと暗くなるし、雨脚も強くなってくるかもしれない。

魔核を利用した、火を使わないランプの準備をしながら、レクストンは子供に諭すように言う。

「え？　三人組の猿の肉はまずいの？」

「一旦ちょっと食い気から離れろ」

ホルンの言動に逐一付き合っていたら話が進まない。さらっと流しつつ続ける。

「人を捜しに来たのは憶えてるだろ？　ほら、女の子のお兄ちゃんの」

「あの子のお兄ちゃんの猿を捜すんだよね？」

「人間を捜すんだ。猿は気を付ける方。はい復唱。人間捜す、猿怖い」

「人間捜す。猿怖い。……猿なんて怖くないけど!?」

心外とばかりに声を荒らげるホルン。こういう説明をしているレクストンの方がよっぽど心外レベルなのだが。ずっと。今だけでなくずっと。小さな頃からずっと。

「とにかく捜すのは人なんだよ。で、問題はだ」

明かりを入れたランプを手に、これから踏み込むことになる真っ暗な森を照らす。

「この暗い森の中、猿に気をつけながらどうやって人を捜すかってことだ」

正直、レクストンは手遅れだと思っている。

この時間まで森に留まる新米冒険者なんていない。

夜の森がどれだけ危険かなんて、すぐに学ぶものだ。

なのに出てこないことを考えると、もう最悪のケースに陥っているのではないか、と。

黒雨猿《ブラックエイプ》は、通称は猿と呼ばれているが、魔物である。

魔物の多くは、人を食う。

もし猿と遭遇していたら、間違いなく――

「ん？　人を捜すなんて簡単でしょ？」

「あ？」

簡単じゃないから悩んでいるのだ。

しかし、よりによってホルンが、この知恵なき女が「簡単だ」なんて言う。冒険者としてそれなりに経験を積んできたレクストンに。

だが。

「おーい！　助けに来たぞー！　どこだー！」

本当に、簡単なことだった。

そう、呼びかければいい。大声で。

「お、おいバカやめろ！　猿に気づかれる！」

慌てて止める。もう遅いが。

ホルンの大きな声は、すでに雨音以外静まり返っている森に広がってしまった。

「猿より人だろ。何しに来たの？」

さっきまで事情を把握せず勘違いしていた女に「何しに来たの？」と言われる屈辱は、なかなかのものである。

――だが、そう。

これでいい。

これで間違いではないのだろう。

救助に来た者が、生きていれば助けを待っているだろう者たちより警戒して、足が遅くなってどうする。

今は強引にでも、多少の危険を冒してでも、冒険者を捜すこと。

その一点においては、ホルンの呼びかけは間違っていない。

それこそ、今まさに猿に襲われそうになっているなら、猿の注意を引き付けられるかもしれない。

少しでも、干し肉のかけらほどでも生存率を優先するなら、これでいい。

あとは。

「……よし、俺も覚悟を決めた。行こうぜ！」

あとは、猿に襲われれば死ぬ可能性が高いレクストンが、身体を張ると腹を決めるだけだ。

森は足場が悪い。

木の根や草、地面の凹凸など、慣れていない者にはただ歩くだけでも難しい。

しかも、夜となるとその難しさは更に跳ね上がる。

なんだかんだ三年も冒険者としてやってきたレクストン、昔から野生の勘のようなものだけ異様に優れているホルンは、苦も無くすたすた歩いていく。

「おーい！　誰かいないかー！　助けに来たぞー！」

「いないのかー!?　実はいるんだろー!?　ほんとにいないのかー!?　いないなら返事しろー！　帰って肉食うぞー！」

大声を上げ、ここにいると喧伝しながら。

二人とも何度も来ている森である。

ホルンはアレだが、レクストンはちゃんとこの森の進み方を憶えている。

冒険者が情報を共有し、簡易的な拠点とするために設置した焚火の跡を辿りつつ、奥へ奥へと歩を進めていく。

――虫の音もなく、木々のざわめきだけしか聞こえない。

騒いでいるせいもあり、周囲に生き物はいない。とっくに逃げてしまっているのだろう。

「……いないな」

辿っている焚火の跡を調べ、いつ使われたか確認する。

痕跡からして、半日くらい前に使用されたようだ。少なくともついさっきまで誰かがいた、ということはない。

手掛かりはなかった。

まだまだ奥へ行く。

――と。

「レクス、シッ」

「しっ？　ションベンか？　その辺でさっさと済ませろよ」

「ん？　…………大丈夫、今は出ない。――いや違う」

一応シモ事情を確認して安心したホルンは、しかし本題を思い出した。

「さっきなんか聞こえなかった？」

「なんか？　フクロウの声とかか？」

「どうだろう。『なんかくれー』みたいな感じだった気がするけど」

「くれ？　何を？」

「今は猪肉の気分」

「おまえの欲しい物の話なんかしてねえ」

「くったくたに煮込んだ猪のスジ肉で酒飲みたい」

「ああ、それはいいな……早く仕事を済ませて帰ろうぜ」

しばしその場で息を潜めるが、弱い雨音と、さあぁぁと風が緑を撫でる音しか聞こえない。

「気のせいかな?」

「どうだろうな」

ホルンの直感はよく当たる。決して無視はできない。

レクストンは、呼びかけをホルンに任せて、聞こえるものに集中する。


足が止まったのは同時だった。

「聞こえた」

「俺もだ」

間違いない。今のは絶対に人の声だった。

それも、ホルンの呼びかけに対する答えだった。

「ここにいる。助けてくれ」

「うん。そう聞こえた。――行くぞレクス」

声のした方向へホルンが走り出す。レクストンも後を追う。

「どこだー!　そっち行くぞー!」

空を切る音が邪魔をして、声は聞こえるが言葉の意味はぼやけている。だが今はとにかく合流することが先決だ。

半ば諦めていたレクストンだけに、新米冒険者の生還に奇跡的なものを感じた。奴らは運がいい。きっと生き残る、と。

――が。

「待った！」

どんどん声に近くなる最中、前を走っていたホルンが立ち止まり、追い抜こうとしたレクストンの腕を取る。

疑問の目を向けるレクストンだが、ホルンはじっと、見通しの悪い森の奥を見つめていた。

「この先なんかいる。ちっさいのがたくさん」

「……ああ、猿だろ」

目撃情報と、大量の糞の話から、必ずいるだろうと思っていた。

そして、ここにいるという事実である。

「冒険者は猿に追われてどこかに隠れた。猿は冒険者が出てくるのを待っている。……そんな感じじゃねえか？」

捜している冒険者は猿に見つかり逃げて、待ち伏せされているせいで逃げた先で動けなくなっているのだ。

「猿って？」

「戦ったことあるだろ。黒雨猿《ブラックエイプ》だよ」

「……え？　どんなのだっけ？」

「見れば思い出すよ。たぶん」

だいぶ前に「黒鳥」で討伐依頼を受け、レクストンも参加したのだ。

あの時しっかり活躍したホルンが、なぜ憶えていないのか。

むしろあの時のことを忘れられる方が信じられないのだが……まあ、ホルンだから。ホルンだし。

ホルンなら仕方ないか。

「それよりレクス、どうしたらいい？」

レクストンの目には何も見えないし感じないが、猿がいるらしい。

リックスタインも避けろと言っていたし、できれば避けて通りたいが、しかしここを越えないと冒険者たちと合流できない。

「下手に動くなよ。ここで戦うことになったら相当まずい」

周囲は森だ。

猿がもっとも戦いやすい場所だ。

こんなところで襲われたら四方八方から攻撃を受け、袋叩きにされてしまう。

それより考えるべきことがある。

向こうの状況はまったくわからないが、冒険者たちは猿が手を出せない安全な場所にいるようだ。

安全だからホルンの呼びかけに答えられたのだ。

そして猿たちが動かないところを見ると、がんばれば手の届く範囲にはいるのだろう。

もし冒険者たちが「追えなくなった獲物」になっているなら、騒いでいるホルンやレクストンの方に向かってきたはずだから。

……そう考えると、ますます冒険者たちの状況がわからないが……ああ、そうだ、とレクストンは思い至る。

「そっちはどうなってる⁉　俺たちは二人だ！　そっちに合流できるか⁉」

今やはっきりお互い声が届く距離にいる。

向こうの状況がわからないなら、向こうにいる当人たちに聞けばいいのだ。

「――猿に追われて洞穴の中に隠れてる！　二人なら余裕で入れる！　入り口に目印の明かりを置く！」

これで向こうの様子がわかった。

「行こうホルン。恐らく襲われるだろうが……」

「よし、何が襲ってくるか知らないけど私に任せろ」

――だから猿だ。

――何度も言っている。

――猿が襲ってくるんだ。

――おまえが察知した「たくさんいる小さい奴」が襲ってくるんだ。なぜまだ理解していない。

こんこんと言い聞かせてやりたかったが、空気を読んで「頼むぞ」とだけ応えておいた。今はケンカをしている場合じゃない。

予想通り猿どもに襲われながら、しかしすべて無視して目印の明かりを目指す。

転げるようにして洞穴に飛び込み――

「おぐっ!?　くさっ！　くっさい！」

飛び込んだ先は、異様な悪臭がこもっていた。

無警戒でモロに吸い込んだのだろうホルンが悶絶している。野生の勘も強いが、五感も優れているのかもしれない。

「無事か!?　救助に来たぞ！」

捜していたのは、新米冒険者三名。

この悪臭が充満している洞穴には、三人いた。誰一人欠けることなく逃げ込んでいたらしい。

「くっせぇ！　うおおっ！　くっさい！　あぁっ！」

「あの、あなたたちは……」

「は、鼻の奥ににおいが残ってる感じで臭い……！」

「ああ、俺たちは――うるせぇぞホルン！　くせぇのはわかったから大人しくしてろ！」

レクストンは、自分たちがここに来た事情を説明する。

話を進める内に、彼らが捜していた目当ての冒険者であったことを知り、なんとか無事合流できたことに安堵する。

そして彼らも、二人があの「夜明けの黒鳥」のメンバーと聞いて、大いに安堵した。

特にホルンは、今売り出し中の「悪魔祓いの聖女」と呼ばれる実力者である。

王都で一番有名な「黒鳥」のメンバーで頭角を現し、しかも自分たちとそう年齢が変わらない若者である。

「……おえっ。うぇっ」

臭いのせいでなんかえずいているが、ホルンは同年代の冒険者には憧れの存在である。

「それにしても運がよかったな」

レクストンは、手遅れだと予想していた。冒険者に危険はつきものだ。最悪の結果に繋がることなんて珍しくもない。

そして実際手遅れだったのだ。

森を抜けるタイミングを逸し、猿に見つかり追いかけ回され、偶然飛び込んだ洞穴。

話を聞く限りでは、確実に死んでいる案件だ。

そもそも、洞穴に入ったくらいで猿が追いかけてこないわけがないのだが。

「猿が追ってこないのは、この臭いのせいだと思う」

洞穴の中は、最初から悪臭――冒険者なら馴染みのある者も多い、熊除け草の臭いが満ちていたそうだ。

だとすると、彼らは本当に運がよかったのだろう。

熊除け草の臭いがするということは、この洞穴に住んでいた熊だかなんだかを、臭いを使って誰かが追い出したのだ。

つまり、冒険者たちは最悪なことに、熊か何かの住処に飛び込んだのだ。

もしタイミングを誤っていたら、後ろは猿で前は熊、という最悪の挟み撃ちにあっていたかもしれない。

誰かはわからないが、ここで何かを狩った者のおかげで、彼らはぎりぎり命を繋いだのだ。

「まあ安心しろ。後発の救助が向かっているはずだ。そいつらと合流して猿狩りを――」

カラン　カランカラン
…………

石だ。

レクストンの足元に、石が転がってきた。

「……おいおいやめてくれよ」

獲物が出てこないことに痺れを切らした猿たちが、ついに獲物を追い立てる行動を取り始めたのだ。


「……うぅ……レクス、私ちょっと行ってくる」

鼻を押さえているホルンが、突然そんなことを言い出した。

「は？　どこに？」

「ここにいるより外にいた方がましだから、外に行く」

確かに、この悪臭で予想外の、というか予想以上のダメージを負っているように見えるホルンは、外にいた方がまだましかもしれないが。

「外の様子、わかってるよな？」

「猿が襲ってくるんでしょ。さっき襲われたから知ってるよ」

ここに駆け込む時、襲ってくる猿たちがいて、それを無視してきた。

ホルンもレクストンも、頭に飛びついてくる猿は避けたものの、それ以外のひっかき傷などはいくつか貰っている。まあ、このくらいは怪我の内に入らないが。

「でも、そろそろ中まで来そうだから」

ホルンは感じている。

何匹かの猿が、洞穴の近くまで来ては引き返す、という行動を取っていることを。

それを繰り返す内に、少しずつ少しずつ、洞穴に近づいていることを。

臭いに慣れてきているのだ。

このまま待っていたら、いずれ猿は洞穴に入り込んでくる。

そうじゃなくても、投石なんて始めた猿がいるのだ。

何もしなければ状況は悪化するだけ。

――ということを思考ではなく本能でなんとなーく理解したホルンは、今己がやるべきこともなんとなーく理解している。

「ちょっと減らしてくる」

黒雨猿《ブラックエイプ》。

猿に酷似した魔物である。体毛は黒く、見た目も行動もほぼ猿である。むしろ魔物であるのに猿と間違われることが多いし、冒険者の間で猿と言えばこの黒雨猿《ブラックエイプ》を指すことが多い。逆に猿と呼んでこっちを連想しない者は、黒雨猿《ブラックエイプ》の存在を知らない者である可能性が高い。それくらい猿界においての代名詞のような存在になっている。そもそも本物の猿より猿っぽいと表する者も少なくなく、本物の猿は見たことないけど黒雨猿《ブラックエイプ》は見たことがあるという者も多いからだ。定期的に起こる「やっぱりあれは猿じゃないいんじゃないか」という取り上げるまでもないしょうもなくくだらない説もなくはないが、いつもそれを数の暴力的なもので弾圧し、やはりあれは猿の中の真の猿であるという風潮で安定する。猿よりも猿らしく。誰よりも猿らしく。毛深い猿似のおっさんよりも猿らしく。もはや猿。そんな定評のある猿中の猿、真なる猿、それが黒雨猿《ブラックエイプ》である。

群れで行動し、通常は二十から三十の群れをボス猿のようなリーダー格が束ねていて、完全な上下関係で成り立つ。

一匹一匹は小さく、大きな子供くらいの体格である。魔物の個体としても非常に弱く、本質は臆病で、動きもやることもやっぱり猿っぽい。

ただ、この黒雨猿《ブラックエイプ》は、討伐難易度の幅が非常に広い、厄介な存在なのである。

たとえば、一匹だけなら無星の冒険者でも勝てる。

そもそも黒雨猿《ブラックエイプ》の臆病な性質から、戦うことなくまず逃げる。

しかし、これが群れとなると。

そして「本質が臆病」ゆえに、人間を襲うことに躊躇いがないとなると。

しかも森で、夜となると。

更に雨が、いや、正確には水場が近くにあるとなると。

ここにいる黒雨猿《ブラックエイプ》は数で圧倒し、人間を恐れる心配のない獲物と捉え、状況もかなり有利な場所と時間帯である、ということになる。

それに加え、黒雨猿《ブラックエイプ》はまだ魔物としての力を発揮していない。

ここまで悪条件──黒雨猿《ブラックエイプ》にとっては好条件が重なると、二ツ星の冒険者でも厄介な相手となる。

ちなみに討伐自体は、条件が揃えば簡単である。

冒険者の数を揃えればいいのだ。可能なら黒雨猿《ブラックエイプ》と同じ数を用意すればいい。

一匹一匹は普通に弱いので、一対多の状況にならなければなんとでもなる。

つまり。

「気を付けろよ」

「レクスがね。絶対に一匹も中に入れるなよ」

たった一人で猿に挑もうとするなんて、無謀もいいところだ。

しかし、何もしなければ状況は悪化するだけ。

後発が到着するまでの時間稼ぎは、やらなければならない。

その一つの案が、ホルンの単騎出陣だ。

「──あの人、大丈夫か？」

冒険者たちの心配も当然である。

こんな策にもなっていない策は無謀もいいところだ。

なのにレクストンは見送った。

「大丈夫だ。あいつはバカだけど、できないことはできないって判断できる奴だからな。無理じゃないから今行くし、行って無理なら戻ってくる」

そんなことを言うレクストンでさえ、心配がないわけではないが。

だが、怯えている新米冒険者たちの前で、たとえ自分も新入りの下っ端であろうと、「黒鳥」のメンバーとして弱気な態度は見せられない。


洞穴から出たホルンは、まず深呼吸をした。

体内に溜まっている悪臭を、外に出すように。何度も。

ふいに左手が動く。

猿の鮮血と、首や手足が舞い上がる。

「……はぁ……ちょっとすっきりしたかな」

すでに血に染まったショートソードを一振りし血糊《ちのり》を飛ばし、右手にダガーを抜く。

特に構えはない。

ホルンの戦い方は本能任せの我流である。決まった動きも特にない。その時その時有効だと思う動きをするだけだ。

無造作に下げている小剣と短剣には一切の力が入っていない。

しかし、敵がホルンの攻撃範囲に入ると、生き物のように動き出す。

まるで刃にも血が通っているかのように鋭く、鈍く、時には速く時には遅く。

決まった型がないだけに、人相手でも魔物相手でも臨機応変に動くホルンの剣は、攻撃自体はシンプルなくせに異常なまでに読みづらい動きをする。

すでにホルンは猿たちに囲まれている。

木の上、地面、草むらの中、木の陰と。

何十匹もの猿がホルンを獲物と判断し、また仲間を殺されたことで怒りを抱いている。

「――遅いぞー」

数で勝っているし、人よりも身軽で素早い猿。

それらが死角を突いて迫ってくる。

しかしそれでもホルンの方が速い。

一斉に飛び掛かってきた五匹の猿を、左手の小剣の一振りで三匹切り捨て、右手の短剣で的確に二匹の首と心臓を貫く。

血の臭いが立ち込める。

すでに両手も身体も返り血に染まったホルンは「腹減ったなぁ」と呟いた。血のしたたるような分厚いステーキがいいなぁ、と。

「――ギー！　ギーギー！」

さっきから猿たちは「ギーギー」と、猿にしては濁った声で何かしらの意志表示をしているが、一際大きな声が上がると一瞬静まり返った。

恐らくはボス猿の声。

何かしらの指示を出したのか、ホルンを取り巻き襲い掛かろうとしていた猿たちが少し距離を取る。

——と。

ただでさえ夜の森という視界の悪い状況に、突如黒い霧が立ち込める。

これが黒雨猿《ブラックエイプ》の、魔物としての特性である。「やっぱり猿とは言えないんじゃないか」という説が出る理由でもある。

元々は、臆病で、魔物としても非力な黒雨猿《ブラックエイプ》が、逃げるための目くらましとして身に付けた特異能力なんじゃないかと言われているが。

もちろん、攻撃にも適している。

特に、視界に頼る部分が大きい人間にとっては、最悪の能力である。

そして、これがあるから、討伐の難易度に幅があるのだ。

経験不足なボス猿なら攻撃に使うことはなく、本来はそうであったのだろう逃げるために使用するから。

だが、ここにいる黒雨猿《ブラックエイプ》は、ホルンを襲うためのものとして、霧を出している。

しかも雨——水が近くにある状態だ。

いつもより霧は深く、重く、そして広い範囲に広がっている。あまりにも視界が悪すぎる。

「あっ」

ホルンは驚いた。

「――どうしたホルン!?」

その声に反応したのは、洞穴の入り口で戦況を見守るレクストンだ。

一帯が霧に覆われ完全に見えなくなったホルンに、何かあったのかと声を上げる。

「…………」

黒い霧に囲まれ、更に視界が悪くなった周りを見て、ホルンはピンと来た。

「おいレクス！　私こいつらと戦ったことあるかも！」

「――さっきあるって言っただろうが！　つーかまだ思い出してなかったのかよ！　……え、かもって言ったか!?　まだ確信できないのか!?」

仕方ない。

ホルンは強いけどバカだから。

「――それより大丈夫か!?　こっちからはおまえ全然見えねえぞ！」

「問題ないよ。前にもこんなことあった気がするし」

気がするんじゃなくて実際あったのだが。

深い霧のせいで余計に暗くなった夜の森に、薄ぼんやりとした白い光が生まれた。

ホルンの両手にある刃が、発光しているのだ。

「これで多少見えるから」

――ホルンの「素養・闇狩りの戦士」は、彼女の周囲の魔の霧を祓う。

極狭い範囲にしか効果はないが、ホルンにはそれだけ見えれば充分である。

第十話　メガネ君、黒雨猿《ブラックエイプ》と戦う

陽が傾き、雨雲の彼方が赤くなってきた頃。

早めの夕食を終えた俺は、宿に戻るところだった。

そこを通ったのは、本当にたまたまだ。

何せ大通りなのだから、それは普通に歩きもするというものだ。

「――あっ！　メガネ！」

あっ。

まずい。ライラだ。

あんまり会いたくなかったライラに、ばったり出会ってしまった。

今回は本当に偶然だ。

待ち伏せされていたわけでもなく、向こうが会いに来たわけでもなく。だから予想して避けることさえできなかった。

「こんばんは。さようなら」

こうなればすぐに離れるのがいい。俺は歩みを止めることなく、すっと行こうとした。すっと。

「ちょ、ちょっと待って！」

まあ、なんだか止められそうな気はしてましたけど。

そう言えばとライラが飛び出してきた建物を視《み》れば、ここは冒険者ギルドである。そうか……もう二度と行かないだろうと思っていたから全然意識してなかったが、ギルド付近で冒険者に遭遇することもあるか。

「あんた強いよね!?　めちゃくちゃ強いよね!?」

…………

どうやらちょっと無視はできない案件のようだ。

「何かあったの？」

俺は足を止め、ライラに向き直る。

ライラの表情がいつになく必死だったから。

個人的なアレコレなら聞かずに逃亡案件だが、そうじゃない案件なら耳に入れておくべきだ。

どこでどう繋がって自分に返ってくるかわからない。

あとから後悔しても遅いのだから。

「実は今、ホルンお姉さまが――」

ライラのつっかえ気味の説明を根気強く聞き、概要は理解した。

「……猿か」

さっきジョセフに聞いた話が、こんな形で関わってくるとは思いもよらなかった。

猿――黒雨猿《ブラックエイプ》は、弓とは相性が悪い。

黒雨猿《ブラックエイプ》は群れで行動するので、とにかく数が多い。

単純に素早いので狙いづらい。

それに、猿の魔法的なものだと言われている「黒い霧」の発生で視界を遮られるなど。

すべてにおいて相性が悪いのだ。

数で押してくる小型で素早い魔物は、弓の天敵だ。猿は典型的なそのタイプなのである。

――空を見上げる。

もう夕方だ。

それに、今にも雨が降り出しそうだ。

南の森が目的地なら、ホルンたちが出発した時刻を考えると、まだ到着はしていないとは思うが。

「間違いなく猿はいるの？」

「可能性は非常に高いって。さっき戻ってきた冒険者が、猿の糞らしきものをたくさん見つけたって言ってた。どうも間違いなさそうって話でまとまってたけど」

その冒険者は、見たことがない糞を発見したということで、大事を取って早めに切り上げてきたそうだ。どんな生物がいるのかわからないから、と。

ついでに、王都に戻ってくる途中で、ホルンとレクストンの二人に会って同じ話をしたらしい。

「今から討伐隊が組まれるんだけど、あんたも参加してよ！　強いでしょ!?　お金が必要ならあたしが払うから！」

…………

「お金はいいや。参加しないから」

「な……なんでよ！　ホルンお姉さまはあんたの姉でしょうが!!」

いや、だからなんだけどね。ついでにレクストンも同郷の幼馴染だしね。

というか大声で身内とか言わないでくれ。目立つから。その辺の人も何事かって見てるよ。

「何度か言ったと思うけど、俺は冒険者じゃないんだよね。だから冒険者が組む討伐隊には入れないよ」

それに、そもそもだ。

「あと勘違いしてると思うけど、身内が困ってるなら誰に頼まれなくても助けに行くよ」

それも、ホルンやレクストンの自業自得で陥った危機ならまだしも、人命救助に行ったというのなら尚更だ。

身内としても、狩人としても、行かない理由がない。

普段はまだしも、狩場では助け合うものだ。

自然の驚異を前にして人間同士手を取り合えないようなら、狩場に行く資格はない……と、俺は師匠に教わったから。

「じゃあそういうことで。俺は行くね——あ、そうだ」

行きかけた俺は、俺の反応は予想外と言わんばかりに呆然としているライラの前に戻る。

失敬な。

無視も逃亡も相手と状況を見てしてますよ。ただのひねくれ者じゃないんだから、なんでもそうするわけじゃない。

「悪いけど、俺のことは誰にも話さないで。あんまり人前に出たくないんだ」

「え……でも、猿を狩れば報酬くらいは出るはずだけど……」

「身内を助けに行くだけであって、報酬目当てで行くわけじゃない。避けられる戦闘なら避けるつもりだし。率先して戦う気はないよ。

俺はすでに王都で変に目立ってるから、これ以上目立つのは嫌なんだ。面倒ごとも増えそうだしね」

何せそのせいで暗殺者に目を付けられていたくらいだ。本当に誰が見ているかわかったもんじゃない。都会怖い。

できれば狩場でも、ホルンとレクストンには合流せずに、陰から二人を助けたいと思っている。

特にお礼を言われたいわけではないし、お金目当てでもないし、面倒ごとは嫌だし、そもそもこれは俺がやりたいからやることだし。

だから会う必要はないんだよね。誰にも知られる必要もないし。

「俺は冒険者じゃないからね。名前が売れてもいいことは一つもないんだよ」

とにかく頼むね、と言い残し、俺は走って宿に戻るのだった。

——準備をしたら、すぐに出発だ。

宿に戻り、荷物を確認する。

……矢が、足りないかな？

木の矢も鉄の矢も、全部合わせて二十五本しかない。

黒雨猿《ブラックエイプ》は、確か……基本は二十から三十匹くらいで行動する、って話だったはず。

一匹一矢。

そんなにうまく仕留められるわけもないはずだが、それでも矢が足りない。

それに、黒雨猿《ブラックエイプ》の情報が出回り始めたのは、昨日今日の話である。

恐らくは、よその森から流れてきた群れだ。

だとすると、ちょっとまずい。

黒雨猿《ブラックエイプ》が住処を替えるのは、近辺にエサがなくなるか、自分たちより強い違う魔物に追い立てられた場合だ。

同種の縄張り争いなら、群れのリーダー同士がやりあって勝った方が負けた方を吸収する。

もし魔物に追い出された場合なら、二十から三十前後である。

しかし、もし同種同士が合流して爆発的に数が増え、それが原因でエサが足りなくなって移動してきたなら。

その群れの数は、五十を超えている可能性がある。

もしそうだとしたら、矢が足りないなんて生ぬるい話ではなくなる。ただ一方的に嬲《なぶ》り殺されるだろう。

…………

仕方ない。

今は時間を惜しむ状況だが、準備不完全で狩場には出られない。最悪矢が切れて足手まといになる可能性もあるのだから。

急がば回れ。

こんな時だからこそ、ちゃんと補給してから行こう。

狩場に出る準備をして、宿を飛び出しジョセフの店へ走る。

矢を補給したら、そのまま南の森へ向かうつもりだ。

「ジョセフ！　木の矢を三十本くれ！」

六番地のその店に駆けこむと同時に、俺は叫んだ。

「あらメガネ君。……ああ、やっぱり行くのね。なんだかそんな気はしていたわ」

カウンターに座り作業をしていたジョセフは、駆けこんできた俺を見るなり含み笑いを漏らした。

「三十本で足りるの？」

さっき来た時は狩場に行くことを止めたジョセフだが、今度は止める気はないようだ。

「うん、三十あればいい。自前のが二十五本あるから」

これで五十五本。

無駄撃ちしなければ足りるだろう。

あまり持ちすぎると身が重くなるし、重くなると隠密行動が取りづらくなる。俺が一度に持てる最大量もこのくらいだろう。

「いくら？」

「ワタシのオ・ゴ・リ☆」

…………

「これに関してメガネ君が動く案件なら、ワケアリなんでしょ？　人助けとかさ。状況が自分に不利なのをわかっていて、それでも行くというなら、イイ女としては快くお見送りくらいしないとねっ☆」

ついにこのおっさん、自分のことを「イイ女」って言い切ったな。どさくさにまぎれて。

「じゃあ、荷物になるからこれは置いていこうかな。好きに処分していいよ」

と、俺はサイフをカウンターに置いて、用意してくれた矢を受け取る。

「あら。そんなに人に借りを作るのがイヤ？」

「この店がなくなると困るだけだよ。補給ができなくなるからね」

——よし。

全部は矢筒に入らないので、ロープで縛って担いで持っていくことにする。少々かさばるが置いていくことはできない。あ、そうだ、雨が降りそうだから防水の革袋にまとめて入れておこう。

「あ、それと。これから誰かに俺のことを聞かれるかもしれないけど、黙っててくれる？」

「ウフフ。ワタシとメガネ君は秘密の仲、ってことね？」

………

う、うん……はい。ちょっと頷きがたいけど、その通りです……


南の森に到着した頃には危惧していた雨が降り出し、すでに夜になっていた。

夜の森の中でも見えるよう「メガネ」を調整し、躊躇うことなく踏み込む。

さすがにホルンたちが踏み込んだ痕跡を探すのは不可能だろうが、彼らが冒険者である以上、辿るルートはわかる気がする。

あの焚火の跡だ。

地図に記入しているくらいだから、あれは王都の冒険者たちの指針になっているはずだ。

森に慣れた者ほど当てどなく闇雲に彷徨うわけがないので、あれを辿って移動している可能性は高い。

というわけで、俺も焚火の跡を追って歩いてみることにする。

幸い、ここしばらくはこの森に通い、最近は泊まって過ごしたのだ。

どの辺に焚火の跡があるかはちゃんと把握している。

静かに、だが素早く焚火の跡を追っていく。

時々立ち止まっては、「暗視」で魔物の赤い影を探したりしつつ、どんどん奥へ奥へと進んでいく。

……猿か。

一度だけ村の近くにやって来た群れがいて、師匠や村の大人たちと一緒になって狩ったことはあるが。

当時弓を覚えたてだった俺は、猿にほとんど矢を当てることができなかった。

そういえば、レクストンが悔しがっていたっけ。

当時十三歳だったレクストンは「将来は冒険者になる」と言いながら訓練をしていた。

そんな彼に知らせると、連れていけと駄々をこねるかもしれない。

最悪、勝手に猿を狩りに出るかもしれない。

諸々《もろもろ》を考え危険だと判断した大人たちは、子供たちには猿のことは何も言わずに討伐を行ったのだ。

それにレクストンもそうだが、ホルンのことも大いに警戒していたようだ。

村で一番バカなホルンは、村で二番目にバカなレクストンより、行動が読めなかったから。

だからあの二人も、ほかの子供たちと同じく、猿の騒動が終わってから知らされたのだ。まあレクストンは悔しがっていたけど、ホルンは……あんまり真面目に聞いてなかったっけ。「それより猿って食えるの？」とか言っていたと記憶している。

ちなみに俺は、普通に怖くて行く気はなかったけど、師匠に「滅多にできない体験だから」と連れていかれたんだよな……

役に立てず申し訳ないと思う反面、さすがにまだ実戦は早いだろうと内心逆ギレしていたのをよく憶えている。弟子入りしてすぐの時期だったからね。

猿は素早い。

正面から撃ったところで避けられたりもする。

それに、弓は元々多数を相手するには向いていない。

猿は群れで行動し、獲物を見つけたら一斉に飛び掛かるのだ。とてもじゃないが弓では対処ができない。

弓という武器の特性からして、良くて避けながら一匹撃てるだけだ。

そして二射目の前に攻撃され、袋叩きに遭うわけだ。

数の脅威は弓の弱点だ。

やはり俺では、猿を討伐するのは無理だろう。

おまけに、猿が魔物として持っている技「黒い霧」が厄介だ。弓は視界を制限されたら終わりだから。何もできなくなる。獲物が見えないのだから撃つことさえできなくなる。

素早いだけに猿からはほぼ逃げられない。

森の中なら尚更だ。

特に狩人なんて、冒険者のように何名かと組んで行動するなんてしない。だいたい単独で動いているものだ。

話をまとめると、俺が遭遇したらどうしようもない、ということだ。

ジョセフが言っていた通り、弓との相性が悪すぎるのだ。

初めて猿と遭遇して五年経った今、己にできることを改めて考えても、それでも猿の群れは相手にしきれない。

できれば戦わずに済ませたいが……

先行しているホルンたちと、救助に来た冒険者たちの状況次第では、戦闘は避けられるだろうか。

それとも――

…………

あ、無理かも。もう始まってるかも。


かすかに空気が変わった、と思えば、新しい血の臭いがし始めた。

ここからは木から木へ身を隠しつつ、己の動きが立てる音に気を付けて進んでいく。

――見えた。

すぐに小さな赤い光を発見、点々と広がっている光景が見つかった。

木の上や地面などに、広く展開しているようだ。
一、二、三、四……ダメだ。赤い光が動いているせいで、ちゃんと数えられない。だが少なくとも二十以上はいると思う。
数からして、猿――黒雨猿《ブラックエイプ》の群れである。かすかに「ギーギー」という憶えのある濁った鳴き声が聞こえるので間違いないだろう。

でも、猿たちはそこに留まっているようだ。

細かく動いてはいるが、どこかへ移動しているわけではない。

まるで何かを遠巻きに警戒しているような……あ。

地面にあった赤い光のいくつかが、すーっと消え失せた。

…………

血の臭い。赤い光が消える。

……もしかして戦闘中、か？

それにしては静かだな。

猿たちは騒いでいるが、人がいるような感じはない。

戦っているとは思えないくらい、猿たちの鳴き声以外なんの音も聞こえない。本当に戦闘中なのか疑わしいが……あ、また光が消えた。

……よし、向こうの状況がいまいち鮮明ではないが、しなければいけないことをするか。

俺はもう少しだけ現場に近づくと、担いできた矢の束のロープをほどいて地面に広げ、弓を構えた。

――地面にいる猿は狙っちゃダメだ。今戦闘中なら、どれかの赤い光が人間の可能性がある。

だから、木の上にいる猿を、狙う……っと。

木から木へ、枝から枝へ移動した着地点、赤い光の動きが止まった瞬間に矢を射る。……当たった。赤い光が地面に落ちる。

光を頼りに狙っているので、細かな狙いは付けられないが、身体の小さい猿ならどこに当たってもそれなりのダメージが与えられる。

仕留められなくてもいい。

今この時、戦闘に加われなくなるだけの怪我を負わせられれば、それでいい。

——……よし。

赤い光の動きを見るに、猿たちは狙撃されたことにまだ気づいていない。

猿相手に弓は相性が悪い。

だが、それで弓の利便性がすべて失われるわけではない。

弓は静かだ。

だから奇襲や不意打ちにはとても適している。夜なら尚更だ。この状況なら、かすかな音や違和感は雨音が覆い隠してくれる。

あとは、気づかれるまでに、どれだけ撃ち落とせるかだ。

最悪気づかれてもいい。

今はただ、一匹でも多く仕留めておきたい。

この新しい弓なら、この距離を充分に当てられる。

今は細かい狙いはいらない。

矢はたくさん持ってきたし、今回は回収もしなくていい。

どんどん撃とう。

もし誰かが命懸けで戦っている最中なら、その負担を少しでも減らすために。

続けざまに矢を放ち、七匹目を撃ち落としたところで、

「――ギーギー！　ギー！」

猿たちの鳴き声の中、一際大きな濁った声が上がり、赤い点の動きが少し変わった。

ついに気づかれたかな？

警戒され始めたか？

でもこっちに来ないってことは、狙撃には気づいたが俺がどこにいるかは、まだわかってないな？

動向の変化には構わず、八匹目を撃ち落とす。

この時点ですでに二十本もの矢を消費している。……師匠にバレたら「矢があるからって無駄撃ちすんな」って殴られるかも。でも今回だけは勘弁してほしい。

おい猿ども、そろそろ逃げなくていいのか？

猿の群れ、もうだいぶ減ってるけど。

「――おーい！　森の人ー！」

お。……おう……今の声、姉だな。

いるとは思っていたけど、こんな声の掛けられ方するとは思わなかった。……呼んでるの、俺の

ことだよな？

やっぱり生きていたか。

まあ有名な冒険者なら、簡単にはやられないよな。

「――そろそろボス猿頼むわー！　私は見えないし動けないからー！」

え？　俺が？　俺がやるの？

……「見えない」か。向こうでは猿が「黒い霧」を出してるのかもな。

了承したくはないが、ボス猿の討伐を頼まれてしまった。

うん、まあ、向こうでは無理っていうなら。こっちでやるしかないんだけどさ。

――実は、ずっと気になっていたことがある。

姉を取り囲む猿の群れだが、二匹だけ少し離れたところにいて、微塵《みじん》も動かないのだ。

恐らくはあれのどっちかが、指揮官として機能しているボス猿なのだろうとは、漠然と思っていた。

ボス猿は、一番強い猿がなるものだ。

普通に考えて、今ホルンに群がっている猿たちよりも強いはずである。

だが人は襲っても臆病な性質は変わらないのか、部下に戦わせて後ろで悠々と構えているようだ。

きちんと戦況も見ているみたいだが。

でも、どう見ても腰が引けているようにしか見えない。もしかしたらすでにホルンを恐れているのかもしれない。姉強いからね。二年前でも強かったのに、今はもっと強いだろうしね。

……それにしても二匹か。

どっちがボスだ？

二匹とも近い位置にいるので、片方狙撃したらもう片方には必ずバレるだろう。

ボス猿を仕留められれば、群れは逃げるはず。

それで戦闘は終わりだ。

しかしもし外せば、ボス猿が俺の位置を特定すると思う。

さっきの鳴き声で警戒し始めている。

今まさに俺を探している最中だと思うから。

焦る必要はないかもしれない。

ライラの話では、討伐隊が組まれるとかなんとか言っていた。今頃はこの森に向かっているだろう。

変にリスクを背負わず、彼らに任せてしまえばいい。

……ってわけにもいかなそうだなぁ。

ピタリと動かなかったボス猿ら二匹が、少しずつ後ろに下がり始めた。

俺が指揮官なら、もうとっくにシッポを撒いて退散しているが。

あまりにも遅すぎる撤退の決断だが、ついに猿たちも引くことを考え始めたようだ。

ホルンを取り巻く猿たちは、もう十匹もいない。

ここまでの痛手を負わされた以上、もうこの森には来ないだろう。

だが、ほかの森になら行ってもいいというわけではない。

俺の村の近くにある森に行くかもしれない。

俺の村を襲うかもしれない。

そうじゃなくても、すでに人間を襲うことに躊躇いがない群れだ。

これまでにも襲っているという証拠だ。

ここで逃がせば、これからも人間を襲うだろう。これ以上被害が出ないよう、ここで始末しておいた方がいい。

どっちがボス猿かはまだわからない。

狙える場所に移動しながら、何か決定づける情報はないかとつぶさに観察する。

――あ、あいつだ。

位置を変えてみたらわかった。

連れ添う二匹の内、一匹だけ一歩引いている。

つまり、最も戦場から遠く、外敵から距離を取っている猿。

あいつがボス猿だ。

傍らにいるもう一匹は護衛だろう。

いざとなったら足止めに使って、自分だけ逃げるつもりなのだ。なかなかの悪知恵である。

標的を決めると、もはや頭で考えるより早く身体が動く。

矢を番え、静かに弦を引き、放つ。

もはや数えるのも嫌になるほどなぞってきた動作を、いつものように繰り返す。

一陣の風のように空を切る矢は、一直線に飛び、ボス猿へと突き刺さった。


――いや。ボス猿には刺さらなかった。


ボス猿には刺さらなかった。

赤い影の揺らぎでそれを確認した瞬間、俺は地面に広げた矢を矢筒に突っ込んで補充し、走り出した。

完全に居場所がバレた。隠れ直さないと。

あいつ、傍らにいた仲間を引き寄せて盾にして矢を避けたぞ。

最悪だが姉より頭いいことしやがった。

「――ギィイイイイイー！」

予想通り、怒りの声を上げながら俺の方へ迫るボス猿。俺は大急ぎで場所を変え――チッ、姉の方にいた猿も呼んだだか！

しかも、急に視界が悪くなった。

よく見ると黒い霧雨のようなものがチラチラ舞っている。

猿の特殊能力である「黒い霧」の範囲内に入ってしまったようだ。

――「俺のメガネ」を舐めるなよ。

たとえ足元や地形は見えなくとも、赤い影は見えている。そして気配を感じてもいる。

五年前とは違うのだ。これくらいなら冷静に対処できる。

ひとまずその場に立ち止まり、狙いは甘くなろうとも、最速で矢を撃ち続ける。

ボス猿は無視だ。

仲間を盾にできる時点で、しっかり矢が見えている。ならば正面から当てるのは不可能だ。

やってくる部下猿はちょうど十匹。

一番近い奴から狙って射貫いていく。

――五匹を撃ち落としたところで、猿たちが弓で狙うには近すぎる近距離に入ってきた。

「よし、来い」

弓を背負い、解体用ナイフを抜く。

魔物には頼りなさすぎる、そもそも武器とも呼べない使い古しの刃物だが、個体としては強くない猿には充分だ。

ボス猿を入れて残り六匹。

ここまで減れば、一人で勝てない数ではない。

「よっ」

飛び掛かってくる猿たちを、カウンター気味に迎えて刃を突き立てる。

いくら「黒い霧」で視界を遮られても、目の前まで来れば、嫌でも黒い剛毛に覆われた猿は見える。まあ俺には赤い影に見えるけど。

それにしても、これも準備不足と言えるのか。

長く使っている解体用ナイフである。切れ味はあまりよくない。そろそろ買い替え時だと考えていたくらいだから。

新しいナイフなら、もう少し楽に戦えそうなのになぁ。

刃で斬るのではなく、刃を突き刺すような使い方じゃないと、何匹目かで折れてしまいそうだ。

――五年前、初めて猿と戦った時は、なんの役にも立てなかったが。

今は違う。

まだまだ未熟だが、俺も一応は一人前と認められた狩人である。この程度の脅威はなんとか突破しないと。

二匹、三匹と、順調に減らし――四匹目の部下猿が飛び掛かってくると同時に、ボス猿が横から突っ込んできた。

「――でかっ」

猿たちは、大きめの子供くらいのものだ。

小柄な俺の胸元くらいの大きさで、身体だって俺よりも細い。

しかしボス猿は違う。

他の猿より二回りは大きい。まっすぐ立てば俺と同じくらいの体格ではなかろうか。

「――ギィイイイ！」

だが、動きは読める。

予定通り右手のナイフで四匹目の部下猿を仕留めつつ、顔を狙ってきたボス猿の爪を左手の籠手で受ける。

「俺に怒るなよ。ホルンの方がよっぽど多く狩ってるだろ。……あ、そうか。俺の方が弱そうだからこっち来たんだろ？」

「――ギィィ！　ギィィィィ！」

言葉が通じているとは思わないが、更にご立腹のようだ。俺だってご立腹だよ。怒りの半分以上がホルンへのそれだろ。こっちに来るのは八つ当たりだろ。

ボス猿を入れて、あと二匹。


「黒い霧」が邪魔で、下手に動けない。

森の中なので足元が悪い。

変に動いてつまずいたり転んだりしたら、即座に襲われるだろう。

しかも、この猿どもは姉より頭いいんだよなぁ。

残りは二匹だ。

もはや群れとしては壊滅しているが、だからこそ失うものはないとばかりに投げやりになっているのかもしれない。

最後に一矢報いようとしているのかもしれない。

あるいは、殺された仲間のために怒りが奮い立たせているのかもしれない。

そのくせ冷静に、二匹だけで連携を取ろうとしている。

俺の背後に入る部下猿、そして正面すぐ近くで睨み付けてくるボス猿。

後ろを気にすればボス猿が掛かってくるし、ボス猿に集中し過ぎたら――

「……いてっ、めんどくさいな……」

後ろの猿が、枝やら石やら投げつけてきている。

非力だから致命傷になるような物は投げられないようだが、軽い物でも当たれば痛い。

そして、集中力を削ぐにはこれくらいでも充分だ。

次に来る何かは怪我をするかもしれない。

そう思っている時点で、俺の集中は目の前のボス猿だけに向けられていない。

決定的なミスをすれば、確実に襲い掛かってくるだろう。

ならば――

「あっ」

後ろから飛んできた何かを避けようとして、俺はつまずいた。片膝を地面についてしまった。

「――ギィイイイ！」

甘い。

わざと晒《さら》した隙にボス猿が飛び掛かってきた。

取った。

ついた膝を伸ばし、刃を突き出す――が。

「――……っ!?」

避けた、だと……？　フェイントか！　この猿、本当にホルンより頭いいな！

通常、動物や魔物は、攻撃態勢に入ればそのまま突っ込んでくるのだ。だからカウンターが取りやすい。師匠が俺に教えてくれた近接戦闘もそういうやり方が基本となっている。

しかしこのボス猿は、その通例を覆して見せた。

本当に驚いた。こういうことをする魔物はとても珍しい。

――じゃあ奥の手。

瞬時に左手に「メガネ」を生み出す。突き出されたナイフを持つ手に嚙《か》みつこうとしていたボス猿の顔面に、たたんだままの「メガネ」を放り投げる。

体勢的に手首だけで投げたものだ。威力はない。

だが、一瞬の隙ができればいい。

「――ギイッ!?　ギイィィ！」

顔に何かが当たり動揺したボス猿は、嚙みつくタイミングを逸した。

一瞬あれば、体勢を整えるには充分だ。

そして、もう勝負は決まった。

勝負を決めるカードが、ようやくやってきたから。

俺は声を発した。

「――ホルン！　そこで待て！」

猛スピードでこちらに向かっていた姉が立ち止まる。おお、聞いた。聞き入れた。無視して来るかと思ったのに。

「黙って聞いて！　ボス猿はホルンを警戒してる！　ホルンがこっちに来たら逃げるかもしれない！」

ボス猿に向かってナイフを振ったり間合いを詰めたりして気を引きつつ、俺は指示を出す。

「――そのまま待て！　これから猿をそっちに追い込む！」

貧弱なナイフで苦戦している俺なんかより、姉は圧倒的に強い。

ボス猿はすっかり忘れてしまっているようだが、ホルンは猿より頭は悪いが、この場の誰よりも強い生き物である。

ボス猿を姉の攻撃範囲に入れるだけでいい。

それだけで勝負は決まる。

ホルンは、動かない。

俺の指示を了承したかどうかはわからないが、……いや、動かないのだから、指示を聞いた上で止まっているのだろう。そう信じよう。信じていいよね？

気配で感じる限り、ホルンの位置は近い。

そしてボス猿は、八つ当たりを含めた俺に対する怒りで、伏兵がいることに気づいていない。

この際、俺の背後で物を投げてくる部下猿は無視するとして。

――よし、行動は決まった。

牽制をしつつ、少しずつ距離を取り――突如、俺は踵を返してボス猿に背を向けて走り出した。

「――ギィィ！」

逃がすか！

そんな心の声が聞こえてくるような強い感情のこもった鳴き声を上げ、ボス猿は素早く俺の背中に迫り――

「ここだ！」

俺は振り返り、ナイフを突き出した。

刹那の瞬間、ボス猿と目が合う。

ボス猿が――笑ったような気がした。

確実に当たるだろうタイミングと距離で放った俺のナイフを、ボス猿は素早いステップで横に避けた。


うん。

さっきは驚いたけど、二度目は驚かないよ。

だって、そうするだろうって予想していたから。

突き出したナイフを追いかけるように一歩前進し、素早くナイフを逆手に握り大きく横に振る。

さも避けたボス猿に対応するように。

そしてこの横に広がる軌道で攻撃を繰り出せば、ボス猿は後ろに避けるしかなくなる。

これで終わりである。

「――もーらいっ」

白い剣閃が真横に走り、ボス猿の首が高らかに飛んだ。

なんてことはない。

俺の予想通りに動いたボス猿は、ホルンが待ち構える場所に飛び込んだ。

ただそれだけのことだ。


残り一匹。

ボス猿が倒れたのを見て、一目散に逃げる部下猿の背に矢を放ち、黒雨猿《ブラックエイプ》の討伐は終わったのだった。


――よし。誰にもバレてないな。

ホルンとはかなり近い距離をすれ違ったり名前を呼んだりしたが、俺だとは思うまい。だって姉だし。あのホルンだし。

「あれ？　森の人ー？　どこだー？」

ほら、ホルンは気づいていないみたいだし。まったく期待通りだよ、ホルン。

ホルンに見つからないようこの場を離れ、後発の討伐隊と鉢合わせしないよう気を付けて、俺は静かに王都へ帰るのだった。

最終話　メガネ君、返事をする

「――聞いたか？　『悪魔祓いの聖女ホルン』が、たった一人で猿の群れを討伐したらしいぜ」

「――猿って、猿より猿らしい真の猿と言われる黒雨猿《ブラックエイプ》か!?　あの群れを一人でか!?」

「――ああ。魔核を剝ぎ取って集めたら、四十個以上になったそうだ」

「――四十!?　それを一人で!?　つか猿の群れって普通は二十とか三十くらいだろ!?　でっかい群れだったんだな！」


…………


「だそうよ」

「あ、ちょっと話しかけないでもらえます？　知り合いだと思われると恥ずかしいし」

「なんでだよ」


――猿討伐の翌日である。

無事、誰にも会わず夜も深い時刻に帰ってきた俺は、普通に宿に戻って寝た。

何事もなかったように一夜明け、朝風呂を貰ってから昼には外へ出て、やはり新しいナイフが欲しいなと思い武器屋へとやってきた。

王都へ来て、ホルンを捜すために聞き込みにきた、冒険者ギルドの近くのあの店である。あの怖い爺さんの店である。

そしてナイフを見ていたら、いつの間にか隣にライラがいた。

昨日のことを色々聞きたそうな顔をしているライラを無視していると、武装をしていないが冒険者らしき二人組が噂話をしながらやってきたのだった。

「――うるせぇぞ」

今日も刃物を研いでいる爺さんの、人を殺しかねない剣呑な目が冒険者たちを見据える。

「ここはおしゃべりする場所じゃねえ。用事がねぇなら帰れ」

「あ、昨日剣を研ぎに出した者なんだけど。できてる？」

「……もう少々お待ちください。仕事が立て込んでおりまして……夕方までにはしっかりやらせていただきますので……」

できてないのかよ……あの爺さん、できる職人風の雰囲気しかないのに……いやいや、いい仕事を時間をかけて丁寧にするタイプなのかもしれない。

「出よっか？」

「なんで？　さよなら」

腕を引っ張られて強引に連れ出されました。

おかしいな。同意した覚えはないんだけどな。

「――で？　本当にどうだったの？」

どう、と言われてもなぁ。

「特に話すことはないよ。　もうホルンとレクストンから……ってレクストンは無事だったんだよね？」

「うん。そもそも戦闘には参加しなかったって」

だろうね。レクストンの声はしなかったし、もしあの場でレクストンがどうにかなっていたら、ホルンが怒り狂っていただろうから。そうじゃなかったから無事だと自然と思っていた。

「その二人から猿討伐の話は聞いてるでしょ？　俺はちょっと手伝っただけ」

ここナスティアラ王国名物の「大葱と青鴨のスープパスタ」をおごるというライラの誘いを受け、近くの食堂にやってきていた。

ちょうど昼時なので客は多いが、首尾よく片隅の席が空いていた。

ここぞ話す分にはちょうどいい場所である。

「ホルンお姉さまもレクストンさんもそう言ってたけど、気が付いたら現場には誰もいなかったって」

「でも痕跡はあったでしょ？」

「うん。矢がたくさん残ってたって。それで確実にほかに誰かはいたようだけど……って話は聞いたけど、もう噂が独り歩きしてるみたいだね」

ホルンが一人でやった、ってやつだね。さっき武器屋で聞いたアレだ。

はっきり言って願ったり叶ったりです。

「どこの誰がやったかわからないよりは、有名な『悪魔祓いの聖女』がやったって言った方が嬉しいニュースだからね。それでいいんじゃない？　誰も損しないんだから」

「メガネは損してるでしょ。あんたの手柄は？」

「いらないよ。欲しくもないし。正直ライラにも忘れてほしいし。猿のことも俺の存在ごと忘れてほしいし」

「……はあ。欲がないね」

頬杖をついて呆れたように笑うライラは、「まああたしは忘れないけどね」と、いらない一言を付けてくれた。

忘れなくていいけど、誰にも話さないでほしいな。

名声だの評判だのは、全部ホルンが受け取ればいいんだ。

俺は、日陰でこそこそやってるのが、きっと性に合っていると思うから。

注文した「大葱と青鴨のスープパスタ」が運ばれてくる。大葱と鴨の香りがすごく食欲をそそる。

さっそくいただこうとフォークを手に取ると、同じように動いていたライラが口を開いた。

「でも、隠し通せるかなぁ」

ん？

「何が？　君、俺のこと話すの？　友達だと思ってたのに友達を売るんだ？」

「嘘だよね？」

「うん。知り合い……いや……姉の仲間の顔見知りの他人に近い何か……くらいかな」

「いい性格してるね、ほんと。迷いなく頷けるところがすごいよね」

時々言われます。

「一部の冒険者たちがね、あの夜ホルンお姉さま以外に誰がいたのか探してるみたいなの」

「なんで？」

「腕がいいからでしょ。スカウトよ」

スカウト……つまり今後、ライラみたいな冒険に誘う連中が続々と現れるかもしれない、と。

考えるだけでげんなりだ。

「ついでに言うと、『黒鳥《うち》』のリーダーも興味を持ってるみたいよ？　夜に猿を射貫けるって相当すごいってさ。メガネも『黒鳥《うち》』入る？」

冗談じゃない。

冒険者もまっぴらなのに、四六時中姉の傍とか気が休まる暇がない。

「絶対に言わないでね。誰にも言わないで。本当に頼むから」

「友達じゃないのに？　友達じゃない人に頼むの？」

「バカ言うなよ。俺たち友達だろ。君が困ってたら俺が助けるし、俺が困ってたら君は絶対俺を助けるべきだと思う」

「さっきの今でよくキリッと言い切ったね……」

必要な嘘ならいくらでも言えるさ。ああ言えるね。

己の利益のために人を騙す嘘はダメだが、生きるために必要な嘘はばんばん言えと教えられているからね。

「……ちょっと納得できないところはあるけど、あたしは言わないよ。でも痕跡が残りすぎてるから。あたしが漏らさなくてもバレるかもって話よ」

……ああ、そうか。

「ジョセフか」

矢を調べれば、あの店で扱っている物だということがバレる。

こんなこともあろうかとジョセフには事前に口止めを頼んでいるが、それ以外からバレる可能性も否定できない。

あの店、閑古鳥が鳴いているから……「最近出入りしている」とか「最近ジョセフの店で矢を買った」とかの目撃情報が、どこかから出てくる可能性は充分考えられる。

それらの線から、俺に繋がる情報も、出てきそうな気はする。

しかも俺、昨日の深夜に門番と会ってるし。

すでに顔見知りになっていることを利用して「いつも通りの狩りです」と言って行きも帰りも通ったけど、あの辺の目撃情報も出てくるかもしれないし。

ただでさえ、もう王都では、狩人としてちょっと有名になっているらしいから……

…………

面倒臭いことこの上ないな。

――こうなったら、もう王都にはいるべきではない。

早々にあの話を受けてしまっていいかもしれない。

翌日。

俺は、朝も早くから狩猟ギルドを訪れていた。

「あら、いらっしゃい。早いのね」

やる気のない受付嬢がいた。……たぶんこの人もそうなんだろうなぁ。道理で強いはずだよ。

俺は客のいない狩猟ギルドを歩き、まっすぐに受付嬢の許へ向かうと、手紙を出した。

「リーヴァント家からの紹介なんだけど」

「あら。決断も早いのね」

受付嬢は、やる気なく笑い手紙を受け取った。

「――じゃあ、改めて」

すっと。

だらけていた雰囲気、気配、姿勢が消え失せ、糸のように張り詰めた緊張感と威圧感を放ち始める。

緩んでいた表情は冷酷に引き締まり、さっきまで……いや、これまで見ていた受付嬢が別人のように豹変した。

「──ようこそ、暗殺者ギルドへ」

あとがき

人間は二種類に分けられます。
メガネを掛けているか、メガネを掛けていないかです。

こんにちは。南野海風です。
この世界でどれだけの人がメガネを掛けているか、知っていますか？
私は知りませんけど。誰か教えてください。
コンタクトレンズって怖くない？　目に何か入れるとか怖くない？
じゃあメガネでいいじゃない。
レーシック手術ってやっぱりなんか怖くない？
じゃあメガネでいいじゃない。
女の子にモテません。どうしたらいいですか？
メガネを掛けて清潔感のある格好をしましょう。そこから始まります。

体重増えた！　ダイエットしなきゃ！

メガネを掛けて砂漠を走れば解決します。

お金がないんだけど！

メガネを掛けてしっかり働きましょう。

弟・妹が反抗期すぎてつらい。

そういう時期もあります。メガネを掛けて長い目で見守ってあげて。

勝手に入ってくんなよババア！　勝手に部屋入るんじゃねえよ！　掃除なんて自分でやるって！

ババア、せめてノックをして。ノックして返事があってから開けてあげて。かつてのあなたも親に内緒で色々あったはず。思い出して。あとあれこれ探さないで。メガネ掛けて。

なんで芸能人はでっかいサングラス掛けるんですか？

化粧隠しとは言われていますが、真相はメガネのみが知っています。

メガネキャラって物語の前半で「僕の計算では～」とかいきなり語りだして知的なイメージを遺憾なく発揮しながら結局あっさり負けませんか？

大事なのは、メガネを掛けているからそういうキャラが許されるということ。もしメガネも掛けていない中途半端な知的キャラが同じことをやったらどうでしょう？　きっと「知的キャラならメガネ掛けろよ！」と思うことでしょう。

時々レンズが光って邪悪な雰囲気がありますが？

わかりやすくていいでしょう？　きっと邪悪なたくらみをしていたり、殺人事件の推理ができたり、必殺技を使う直前だったり直後だったりゾーン時だったり、敵の敗因を語る時にドヤ顔だと下品だからさらりと光らせて勝ち誇ってみたり、そういうのが伝わりやすいのです。

メガネ割れちゃったけど大丈夫ですか？

ガルパンはいいぞ。

ここまでメガネの魅力を語ってみましたが、いかがですか？

あなたもメガネを掛けたい、掛けてみたい、知的キャラぶりたい、知的キャラぶりつつあっさり負けてみたい、コンタクトやレーシックを怖がってみたい、芸能人みたいなサングラスを掛けてみたい、スポーツ選手が掛けてるような虹色っぽいサングラスでオシャレしてみたいと、思ったり思わなかったりしたのではないでしょうか？

え？

もうすでにメガネ掛けてる人は、って？

すでにメガネ掛けてる人はこの本を買ってくれると信じてます。え？　もしかして立ち読みですか？　買ってくださいね！

数多ある「小説家になろう」さんの作品の中、この小説を拾ってくれたアース・スターノベルさんおよび編集担当さん、ありがとうございました。
おかげでこんなにもメガネメガネと単語が出る、ステキなお話が世に放たれました。

イラスト担当のネコメガネ先生、素晴らしいイラストをありがとうございました。縦縞と横縞の件では気を遣わせてしまって申し訳ありませんでした。
うちに住み着いているはぐれデーモンも、ネコメガネ先生のイラストを見せると「いいねぇ！これ好き！」と言い出しそうな顔をしておりました。

元々はあまり人気のないメガネ小説だったのですが、とあるボインで一気に押し上げてくださった読者様方にも、感謝の念は絶えません。ありがとうございます。ボインは好きですか？　私は好きですよ。

関係者各位、ありがとうございます。直《じか》に接することがなかったのでどれだけの人が関わっているかはわかりませんが、きっとたくさんの人がこの小説に関わっているかと思います。
本当に、ありがとうございます。

そしてこれを今読んでいるあなた。

手に取ってくれてありがとうございます。
読んでくれてありがとうございます。
これからもよろしくお願いします。

見ていただき
ありがとう
ございました
ネコメガネ

※ＱＲコードは掲載サイト「小説家になろう」の作品ページへリンクされています

新作のご案内

俺のメガネはたぶん世界征服できると思う。１（著：南野海風　イラスト：ネコメガネ）

「――メ、ガ、ネ……？　メガネ、か……？」

目を凝らして覗き込む兵士二人と、村長。

原石である水晶――選定の石は、でこぼこで形がいびつなおかげで、見通しが悪い。

だが、そんな石の奥底に浮かび上がった文字は、確かに、俺の目にも、そのように読めた。

メ、ガ、ネ。

眼鏡、と。

……「素養」が「メガネ」ってなんなんだよ。

メガネ少年と最強（凶）の姉の奇妙でトンでもな冒険がスタート！

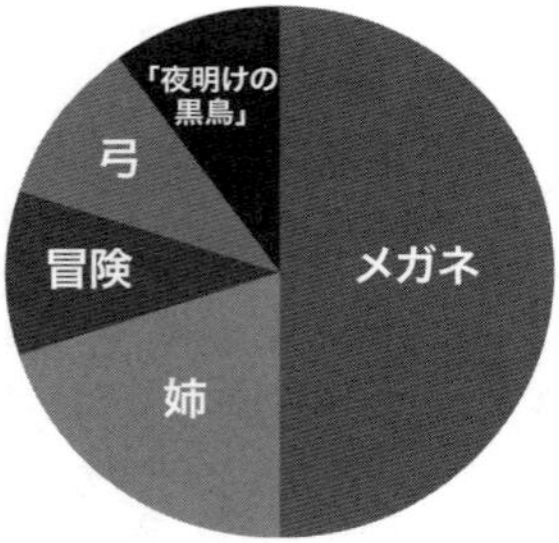

竜姫と怠惰な滅竜騎士　幼馴染達が優秀なので面倒な件（著：rabbit　イラスト：とぴあ）

竜と呼ばれる怪物が跋扈する世界。

いつも寝てばかりの怠惰な少年レグルスは、辺境の地で三人の幼馴染に囲まれてのどかな日々を過ごしていた。そんなある日、幼馴染たちは滅竜士として優秀な事が分かってしまい村を出て王都の学園へと入学することになる。

彼女たちはわざと試験に落ちたレグルスもあの手この手を使い一緒に王都に連れていくのだが、そこで彼らに降りかかってくる数多くの災難…。『竜』や『裏組織』といった強敵たちとの戦い。そして、レグルスが抱えていたとんでもない秘密。

優秀な幼馴染たちに囲まれ、日々『面倒だ……』と言いながらも皆を守るため影で活躍する。そんな怠惰系主人公とヒロインたちが面倒な件についてのお話。

「レグルス！」「お兄ちゃん！」「レグルスさん」

「…はぁ、面倒だ」

彼女たちのおかげで、今日も彼はサボれそうにない。

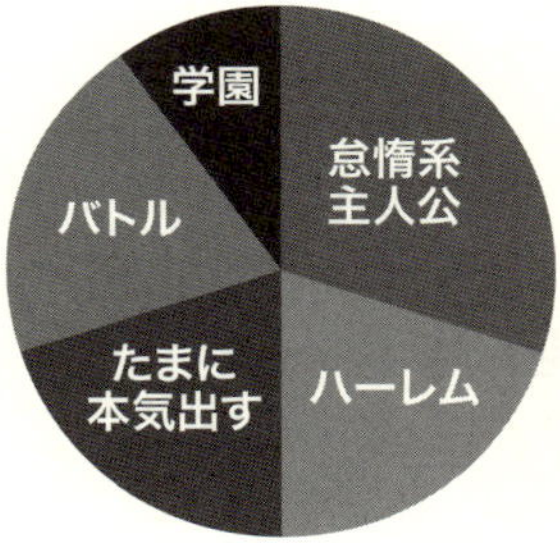

流星の山田君　ーPRINCE OF SHOOTING STARー（著：神崎黒音　イラスト：姐川）

若返った昭和のオッサン、異世界に王子となって降臨――！　不治の病に冒された山田一郎は、友人の力を借りてコールドスリープ治療を受けることに。

一郎が寝ている間に地球は発達したＡＩが戦争を開始し、壊滅状態に。

たゆたう夢の中で、一郎は願う。来世では健康になりたい、イケメンになりたい、石油王の家に生まれたい、空を飛びたい！　寝言は寝てから言え、としか言いようがない厚かましい事を願いまくる一郎であったが、彼が異世界で目を覚ました時、その願いは全て現実のものとなっていた。

一郎は神をも欺く美貌と、天地を覆す武力を備えた完全無比な王子として目覚めてしまう。

意図せずに飛び出す厨二台詞！　圧巻の魔法！　次々と惚れていくヒロイン！　本作は外面だけは完璧な男が、内側では羞恥で七転八倒しているギャップを楽しむコメディ作品です。ＷＥＢ版とは違い、１から描き直した完全な新作となっております。

平凡な日本人である一郎が、異世界を必死に駆け抜けていく姿を楽しんで頂ければ幸いです！

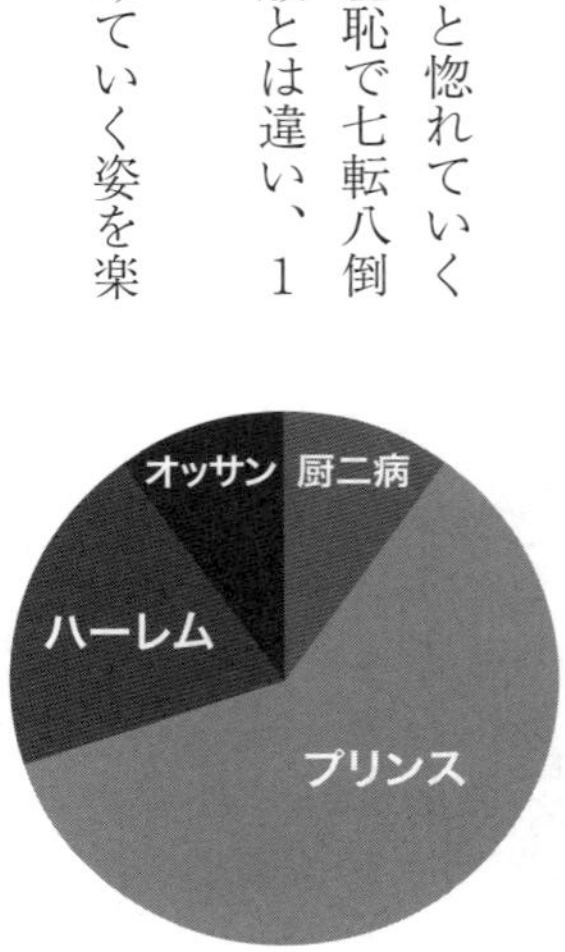

最強パーティーの雑用係～おっさんは、無理やり休暇を取らされたようです～（著：peco）

「クトー。お前、休暇取れ」「別にいらんが」

クトーは、世界最強と名高い冒険者パーティーの雑用係だ。しかもこのインテリメガネの無表情男は、働き過ぎだと文句を言われるほどの仕事人間である。

当然のように要請を断ると、今度は国王まで巻き込んだ休暇依頼、という強硬手段を打たれた。

「あの野郎……」

結局休暇を取らされたクトーは、温泉休暇に向かう途中で一人の少女と出会う。

最弱の魔物を最強呼ばわりする、無駄に自信過剰な少女、レヴィ。

「あなた、なんか弱そうね」

彼女は、目の前にいる可愛いものを眺めるのが好きな変な奴が、自分が憧れる勇者パーティーの一員であることを知らない。

一部で『実は裏ボス』『最強と並ぶ無敵』などと呼ばれる存在。

そんなクトーは、彼女をお供に、自分なりに緩く『休暇』の日々を過ごし始める。

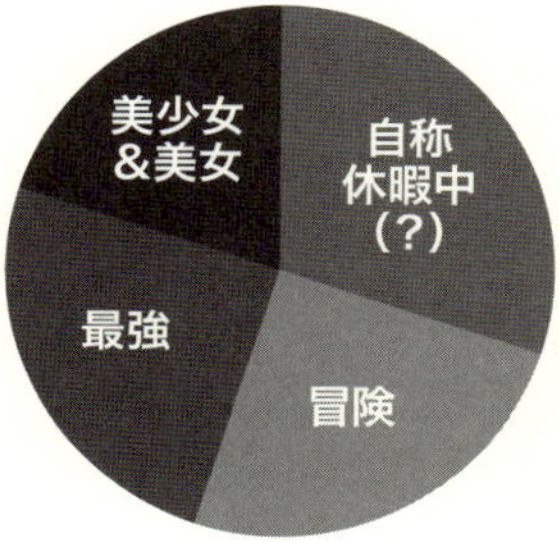

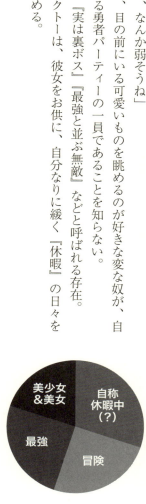

俺のメガネはたぶん世界征服できると思う。01

発行 ——— 2018年9月15日　初版第1刷発行

著者 ——— 南野海風

イラストレーター ——— ネコメガネ

装丁デザイン ——— 舘山一大

発行者 ——— 幕内和博

編集 ——— 古里 学

発行所 ——— 株式会社 アース・スター エンターテイメント
〒141-0021　東京都品川区上大崎3-1-1
目黒セントラルスクエア　5F
TEL：03-5561-7630
FAX：03-5561-7632
http://www.es-novel.jp/

印刷・製本 ——— 株式会社廣済堂

ISBN 978-4-8030-1231-6